메데이아

Μήδεια

이 책은 2019년도 상명대학교 교내선발과제 지원을 받아 연구되었음.

원전 그리스 비극 ①

메데이아

Μήδεια

정해갑 역저

이 작품은 고전계몽주의 시대라 일컫는 고대 그리스 문학과 철학의 전성기인 B.C. 5세기에 에우리피데스(Euripides)에 의해 써졌다. 대부분의 그리스 비극 작품이 그런 것처럼, 원형극장에서 디오뉘소스 제의와 축제의 일부로 공연된 것이다. 디오뉘시아라 불리는 이 축제에서 디오뉘소스 신을 경배하는 제의적 행사로 연극공연과 경연이 이루어졌다. 이때 1등상으로 주어진 염소(τράγος, tragos)가 비극(τραγῳδία, tragoidia)의 어원이 된다는 것에 대해 다수의 연구자들이 대체로 동의하고 있다. 축제가 도시국가인 폴리스 아테나이 전체에 걸쳐 진행되는 국가 행사이다. 그행사의 최고 책임자가 정치 종교 지도자들인 아르콘(ἄρχων)이었다는 사실에 주목할 필요가 있다. 이 무렵의 폴리스 아테나이는 정치와 종교가 함께 연동되는 특성을 가진다. 종교행사인 이 축제가 정치행사를 겸하는 독특한 의미를 지닌다. 주변 도시국가들의 사절단이 참석한 가운데 시가행진이 펼쳐졌는데, 이때 맨 앞줄에 전사한 전쟁영웅의 자식들이 선행했다는 점은 다양한 의미를 내포한다. 이렇듯 정치와 종교적 특성이 결합된 이 행사에서 1등상을 가장 많이 받은 선배 작가들은 아이스퀼로스(Aeschylus)와 소포클레스(Sophocles)이다. 이들은 귀족 출신이며 그 시대의 정치·종교적 움직임과 밀접한 연관을 맺고 있었다. 그 반면 에우리피데스는 출신부터 그들과 사뭇 다르다. 평민 출신인 그는 선배 작가들의 굵고 이지적이며 장중한 서사적 화법에서 많이 탈피해 있다. 오히려 섬세하고 감성적이며 여성적인 서정적 화법에 치중하고 있으며, 서민대중과 여성의 시각을 끄는 감성적 작가이다. 그런 까닭에 『메데이아』는 그의 또 다른 작품 『박카이』와 함께, 현대 페미니즘 문화 연구와 철학의 뿌리를 연구하는 데 훌륭한 자료를 제공하고 있다.

현대 페미니즘 문학과 철학의 원형이 되는 주요 작품인데도, 그 중요성이 크게 부각되지 않은 점은 번역의 열등함에서 출발한다고 볼 수 있다. 언어학적, 문화적, 문학적, 그리고 번역학적 세밀함이 결여되었기에 번역 작품이 그 역할을 제대로 할 수 없었다. 대부분의 기존 번역이 일어, 영어, 독어판 등에 의존한 중역들이기 때문에 원전의 맛을 제대로 살리지 못한 까닭이기도 하다.

이에 고전학과 영문학, 번역학을 연구한 필자의 역할이 무엇보다 중요한 시점이 되었다. 모든 학문 발전의 출발은 정확하고 번역학적 고려가 잘 된 번역 작품이 토대가 되어야 한다. 이 책의 특징은 무엇보다 이러한 번역 가치를 중심에 둔 **원전** 그리스 비극 번역이라는 점이다.

　대부분의 그리스 비극이 그런 것처럼, 이 작품 역시 호메로스(Homer)와 헤시오도스(Hesiod) 등에서 시작하는 신화에 토대를 두고 있고, 극작가, 시인 등 여러 작가들의 다양한 장르를 거치며 신화가 변형, 발전을 거듭했다. 그 가운데 그리스 비극 3대 작가인 아이스퀼로스, 소포클레스 그리고 에우리피데스에 의해 재현된 신화가 가장 뚜렷한 획을 긋는다. 근·현대 벌핀치(Thomas Bulfinch)식의 단행본 신화서는 그리스 로마 시대에는 없었다는 점이 주목할 만한데, 신화는 그 자체가 생동하는 유기체로서 변형, 생성을 거듭하는 문화이며 인류의 영적 발자취이다. 따라서 고전과 헬레니즘 시대에 걸쳐, 다양한 버전의 각기 다른 스토리가 시기에 따라 작품에 따라 달리 나타난다. 교양수업에서 종종 일어나는 오류처럼, 근대 이후의 단행본 식으로 신화를 고착시켜 사유하는 것은 학문적 관점에서 지양해야 한다. 어느 작품을 근거로 삼느냐에 따라 신화의 내용이 다르다는 점을 항상 기억해 주면 학문적 오류를 줄일 수 있겠다.

고전 그리스어 원전은 Loeb Library 판을 중심으로 했고, 다소 문제가 되는 구절은 옥스퍼드판 *Euripidis Fabulae*를, 영역본은 Richmond Lattimore 판을 참조했다. 원전이 운문이기 때문에 가급적 운율법(meter by meter) 원칙을 따랐고, 시적 뉘앙스를 살리려 했다. 번역 유형은 의미와 문화번역의 대원칙인 '의미번역(sensum de sensu)'를 따라 원전의 의미를 손상하지 않는 범위 내에서 현대 독자들의 문화에 부합하는 번역을 원칙으로 했다. 하지만 모든 고유명사는 원어를 따라 표기했다. 가령, '아테네' '테베'는 '아테나이' '테바이'로 했는데, 이는 용어의 통일 원칙에 준거하고 있다. 아테네(아테나)는 여신 이름이며, 아테나이는 도시 이름이기 때문이다.

그리스 비극은 시구(verse)로 이루어진 극작품이기에 읽을 때 연극을 감상하듯이 산비탈의 노천 원형극장을 머릿속에 그리며 공연장면과 대사를 상상하고, 입으로 소리 내어 호흡과 강약, 연결과 끊기를 적절히 조절하는 수고가 재미를 더하는 역동적 감상법이 추천된다. 그리스 비극은 플롯(plot)이 비교적 단순하므로, 현대 독자들에게 흥미 위주의 독서로 권유하기는 어렵다. 다양한 학문 원천으로 읽는 인문학적 가치에 초점이 맞추어져야 한다. 철학을 문학으로 옷 입혀놓은 것이 그리스 비극의 주요 특징임을 기억해야 한다. 따라서 인문학적 토대를 갖춘 독서 지도사나 교수의 독서 포인트를 좇아가는 독법이 추천된다. 작품을 통해 얻고자 하는 뚜렷한 테마를 설정한 후 긴 호흡으로 대사 하나 하나를 즐겨야 한다. 스토리나 플롯 위주의 독법에 익숙한 현대 독자들에게 대사 중심의 독법을 강요하기는 어렵다. 디지털 시대에 아날로그적 가치를 제대로 설명하는 오리엔테이션이 필요하다. 〈이퀄리브리엄(equilibrium)〉이라는 영화를 먼저 감상한 후 독서 포인트를 제시하는 것도 하나의 방법이다.

아울러 이 작품을 감상하는 포인트를 몇 가지 제시해 보고자 하는데, 앞서 간단히 스토리를 정리해 보자.

헬라스(고대 그리스) 사람 이아손이 황금 모피를 찾아 이방 땅 콜키스로 항해한다. 동양과 서양의 관문인 보스포로스 해협을 어렵게 통과해 그곳에 도착하지만, 황금 모피를 손에 넣는 과정은 기적에 가까운 모험이 기다린다. 이에 콜키스의 공주인 메데이아가 신통력과 마법을 발휘해 이아손을 돕는다. 이 둘 사이에 아프로디테 여신이 화살을 깊이 쏘아댔기 때문이다. 조국과 가족을 배신한 메데이아 덕분에 이아손은 황금 모피를 손에 넣고 귀국한다. 물론 둘은 결혼 맹세를 하고 아이들도 가진다. 헬라스 땅에서의 삶은 항해와 모험의 시간보다 더 가혹한 운명이 기다린다. 우여곡절 끝에 어렵게 정착한 땅 코린토스에서 비극적 운명이 시작된다. 이아손이 조강지처 같은 메데이아를 배신하고 코린토스 공주와 이중결혼을 한다. 울분을 토하던 메데이아는 그리 호락호락 순종하는 여인이 아닌, 마녀의 사제가 되어 공주와 그녀의 아버지인 왕을 독살한다. 더 큰 비극은, 이아손과 메데이아 사이에 난 자신의 아이들을 칼로 쳐 죽인다. 이아손을 완전 파멸시키는 복수의 마지막 화룡점정이다. 마녀의 상징이 된 메데이아는 신들의 도움으로 하늘을 나는 마차를 타고 유유히 사라져 간다. 모든 것을 잃고 자식마저 잃은 이아손을 조롱하며 그렇게 아테나이 땅으로 날아간다.

1. 메데이아는 운명을 어떻게 이해하고 있는가? 자신의 선택을 운명의 탓으로 돌리고 있지 않나? 악을 행한 자가 고통을 받는다는 보복정의(δρασαντι παθειν)를 적용하면, 조국과 가족을 배신하며 도주할 때 오라비를 살해한 메데이아에게 닥친 운명은 그녀의 선택에 대한 보복정의가 아닌가? 자신의 배신은 덮어두고, 이아손의 배신만 부각시키는 이율배반은 어떻게 볼 것인가? 자신의

눈에 있는 들보는 못보고 남의 눈에 있는 티끌만 바라보는 일차원적 인간의 모습, 아니 나 자신의 모습이 아닐까?

2. 오만(ὕβρις, hybris)과 인간중심적 지식의 한계는 무엇인가? 이아손의 이중결혼을 비판하고 보복하는 것은 가능한 이야기이다. 고전적 보복정의가 적용되는 범주 내의 판단으로 보인다. 하지만 자신의 여성적 수치심을 씻기 위한 방편으로 제 자식들의 생명을 앗아 버리는 것은 극단적 오만이 아닐까? 그 아이의 생명이 내 것인가? 설령, 내 것이라 하더라도, 생명을 끊을 자유는 생명을 주신 창조주만이 가지는 것 아닌가?

3. 환대(ξενία, ksenia)에 대한 배신의 문제는 어떻게 볼 것인가? 고전적 도덕 가치(νόμος, nomos)의 관점에서 손님과 주인의 관계(φιλία, philia)는 엄격히 신적 질서 하에 있었다. 주인은 손님을 보호할 의무가 있고, 손님은 주인의 권위를 손상시키면 안 된다. 그 엄청난 트로이 전쟁이 이런 사소해 보이는 우의관계를 깨뜨린 파리스 때문에 발발했던 점을 상기해야 한다. 메데이아가 추방의 위기에 처했을 때, 보호를 요청하는 메데이아를 크레온 왕이 받아준다. 그런데 그 대가는 죽음이었다.

4. 극의 결론 부분에서 나타난 데우스-엑스-마키나(deus ex machina) 문제는 어떠한가? 이런 엄청난 사건들 이후에 메데이아

는 고립무원에 빠지고 코린토스 사람들과 이아손에 의해 보복 당할 것으로 보였다. 그런데 할아버지인 헬리오스 신이 보낸 용의 수레를 타고 하늘로 날아오른다. 고전적 보복정의에 따르면 메데 이아는 처벌되어야 하지 않는가? 작가의 여성 배려인가? 『박카이』 의 결론과 함께 사유해 보아야 할 과제이다.

끝으로, 그 당시 노천 원형극장의 관객은 공포와 연민을 통해 무엇을 얻었을까? 아리스토텔레스가 말한 카타르시스(κάθαρσις) 는 무엇인가? 비극적 역설(παράδοξα)이 말하는 인간의 본질적 고 통과 깨달음은 무엇일까? 헬레니즘의 한계와 헤브라이즘의 도래 는 그 교차점이 어디인가? 역사를 통해 배우지 않는 민족에게는 미래가 없다는 격언을 되뇌어본다. 고전이 먼 나라의 먼 옛날이야 기가 아니라, 현재를 살아가는 우리, 아니 나의 삶을 투영하는 동인으로 작동하길 소망한다. 또한 고통을 통해 지혜를 배운다는 역설의 비극정신이 값비싼 유희의 대상으로 전락하는 일이 없길 소망한다. Be Glory to My Lord!

메데이아: 콜키스의 공주로서 이아손의 부인

이아손: 메데이아의 남편

메데이아와 이아손의 두 아들

두 아들의 가정교사

메데이아의 유모

크레온: 코린토스의 왕

아이게우스: 아테나이의 왕

코로스: 코린토스 여인들

전령

차 례

메데이아

(코린토스에 있는 메데이아의 집 앞.
메데이아의 유모가 집에서 나온다.)

유모:

이아손이 타고 간 배 아르고 호가,

저 검푸른 바위 암초 쉼플레가데스를 뚫고

콜키스 땅으로 가지 않았더라면 좋았을 텐데!

펠리온 산골짜기의 전나무가 베어져,

펠리아스 왕의 요구로 황금모피를 찾아 나선

영웅들을 위해 배의 노가 되지 말았어야 했는데!   5

Μήδεια

Τροφός

Εἴθ᾽ ὤφελ᾽ Ἀργοῦς μὴ διαπτάσθαι σκάφος

Κόλχων ἐς αἶαν κυανέας Συμπληγάδας,

μηδ᾽ ἐν νάπαισι Πηλίου πεσεῖν ποτε

τμηθεῖσα πεύκη, μηδ᾽ ἐρετμῶσαι χέρας

ἀνδρῶν ἀριστέων οἳ τὸ πάγχρυσον δέρος   5

그랬더라면, 우리 메데이아 님이

사랑에 눈이 멀어 이아손을 따라

이올코스 땅으로 오지 않았을 것이고,

펠리아스 왕이 자신의 딸들에 의해 죽게 하지도 않고,

이렇게 코린토스 땅에서 사는 신세가

되지도 않았을 텐데!　　　　　　　　　　　　　　　10

도피처가 된 이곳 코린토스 땅에서

사람들의 사랑을 받았고,

이아손을 위해서는 헌신적이었으며,

한 여인이 남편과 함께 화목하게 지내니

인생의 어떤 역경도 이기는 힘이 되었도다!　　　　　15

그러나 지금은 사랑도 병들었고, 증오만 남았다오.

이아손이 자신의 아들과 부인을 버리고,

이 땅의 통치자 크레온 왕의 딸과

혼인을 맺어 잠자리를 함께 하니 말이오.

Πελία μετῆλθον. οὐ γὰρ ἂν δέσποιν᾽ ἐμὴ

Μήδεια πύργους γῆς ἔπλευσ᾽ Ἰωλκίας

ἔρωτι θυμὸν ἐκπλαγεῖσ᾽ Ἰάσονος·

οὐδ᾽ ἂν κτανεῖν πείσασα Πελιάδας κόρας

πατέρα κατῴκει τήνδε γῆν Κορινθίαν   10

<φίλων τε τῶν πρὶν ἀμπλακοῦσα καὶ πάτρας.>

<καὶ πρὶν μὲν εἶχε κἀνθάδ᾽ οὐ μεμπτὸν βίον>

ξὺν ἀνδρὶ καὶ τέκνοισιν, ἁνδάνουσα μὲν

φυγὰς πολίταις ὧν ἀφίκετο χθόνα

αὐτῷ τε πάντα ξυμφέρουσ᾽ Ἰάσονι·

ἥπερ μεγίστη γίγνεται σωτηρία,

ὅταν γυνὴ πρὸς ἄνδρα μὴ διχοστατῇ.   15

νῦν δ᾽ ἐχθρὰ πάντα, καὶ νοσεῖ τὰ φίλτατα.

προδοὺς γὰρ αὑτοῦ τέκνα δεσπότιν τ᾽ ἐμὴν

γάμοις Ἰάσων βασιλικοῖς εὐνάζεται,

γήμας Κρέοντος παῖδ᾽, ὃς αἰσυμνᾷ χθονός.

불쌍한 메데이아 님은 그토록 멸시를 당하시고,   20
큰소리로 외치며 영원을 약속한 신성한 오른손의
맹서를 걸고, 그녀가 이아손에게서 받는
부당한 대우에 대해 증인이 되어 달라며
신들께 호소하고 있다오.

남편에게 배신당했다는 것을 안 이후로,
식음을 폐하시고, 고통에 몸을 맡긴 채,   25
온통 눈물로 세월을 보내며 계시지요,
방바닥만 응시하며 얼굴을 들지도 않고서 말예요.
친구들의 조언에도 묵묵부답,
바위나 파도마냥 말이 없어요.   30
그러다 이따금 백설같이 하얀 목을 돌려
고향과 고향집 그리고 그리운 아버지를 부르며
슬퍼한답니다. 지금 그녀를 배반한 한 남자
이아손을 위해 그 모든 것을 버렸으니 말예요.
불쌍하게도 이제야 고향땅에 산다는 것이   35
얼마나 복된 것인지 알게 되었지요.

Μήδεια δ᾽ ἡ δύστηνος ἠτιμασμένη 20
βοᾷ μὲν ὅρκους, ἀνακαλεῖ δὲ δεξιᾶς
πίστιν μεγίστην, καὶ θεοὺς μαρτύρεται
οἵας ἀμοιβῆς ἐξ Ἰάσονος κυρεῖ.
κεῖται δ᾽ ἄσιτος, σῶμ᾽ ὑφεῖσ᾽ ἀλγηδόσιν,
τὸν πάντα συντήκουσα δακρύοις χρόνον 25
ἐπεὶ πρὸς ἀνδρὸς ᾔσθετ᾽ ἠδικημένη,
οὔτ᾽ ὄμμ᾽ ἐπαίρουσ᾽ οὔτ᾽ ἀπαλλάσσουσα γῆς
πρόσωπον: ὡς δὲ πέτρος ἢ θαλάσσιος
κλύδων ἀκούει νουθετουμένη φίλων,
ἢν μή ποτε στρέψασα πάλλευκον δέρην 30
αὐτὴ πρὸς αὑτὴν πατέρ᾽ ἀποιμώξῃ φίλον
καὶ γαῖαν οἴκους θ᾽, οὓς προδοῦσ᾽ ἀφίκετο
μετ᾽ ἀνδρὸς ὅς σφε νῦν ἀτιμάσας ἔχει.
ἔγνωκε δ᾽ ἡ τάλαινα συμφορᾶς ὕπο
οἷον πατρῴας μὴ ἀπολείπεσθαι χθονός. 35
στυγεῖ δὲ παῖδας οὐδ᾽ ὁρῶσ᾽ εὐφραίνεται.

자식들을 봐도 기쁨이 없고, 보기도 싫어하세요.
혹 끔찍한 일이나 생각할까 걱정이구려.
성품이 강해서, 부당한 대우에 대해서는
참고 견디질 못해요. 제가 잘 알죠.   40
심장에 비수를 꽂기 위해 갈고 있을지도 몰라요,
침상에 몰래 숨어들어가서 말이죠.
왕과 이아손을 죽일지도 몰라요,
이로써 더 큰 불행에 빠져들 수도 있지요.
무서운 분이죠. 우리 마님과 맞서는 자는   45
누구라도 쉽게 승리를 얻지 못할 거예요.

(메데이아의 두 아들과 가정교사가 들어온다.)

저기 아이들이 돌아오는군요. 마차경주가 끝났나 보군요.
아이들은 엄마의 고통을 알지 못하죠.
젊은이는 고통을 좋아하지 않는 법이니.

δέδοικα δ᾽ αὐτὴν μή τι βουλεύσῃ νέον:

βαρεῖα γὰρ φρήν, οὐδ᾽ ἀνέξεται κακῶς

πάσχουσ᾽ (ἐγᾦδα τήνδε) δειμαίνω τέ νιν

μὴ θηκτὸν ὤσῃ φάσγανον δι᾽ ἥπατος   40

[σιγῇ δόμους εἰσβᾶσ᾽, ἵν᾽ ἔστρωται λέχος,]

ἢ καὶ τυράννους τόν τε γήμαντα κτάνῃ

κᾆπειτα μείζω συμφορὰν λάβῃ τινά.

δεινὴ γάρ: οὔτοι ῥᾳδίως γε συμβαλὼν

ἔχθραν τις αὐτῇ καλλίνικος ᾁσεται.   45

ἀλλ᾽ οἵδε παῖδες ἐκ τρόχων πεπαυμένοι

στείχουσι, μητρὸς οὐδὲν ἐννοούμενοι

κακῶν: νέα γὰρ φροντὶς οὐκ ἀλγεῖν φιλεῖ.

가정교사:

우리 마님의 유모께서 어인 일로 혼자   50

문간에 서서 이렇게 비탄의 노래를 쏟아내고 있소?

메데이아 마님이 홀로 계시고 싶다고 하셨소?

유모:

이아손의 아이들을 돌보는 이여, 충직한 하인에게는

주인의 불운이 곧 자신의 불행이나 마찬가지인 법,

그것은 가슴을 찢는 아픔이지요.   55

그 슬픔이 너무 커서 여기 이곳에 나와

하늘과 땅을 향해 우리 마님의 고통을 말하고 있다오.

가정교사:

불쌍한 마님께서 아직도 울음을 그치지 않았소?

유모:

차라리 모르고 사는 그대가 부럽구려.

그 울음이 이제 시작에 불과하니,

아직 정점에 가려면 아득하다오.   60

Παιδαγωγός

παλαιὸν οἴκων κτῆμα δεσποίνης ἐμῆς,

τί πρὸς πύλαισι τήνδ᾽ ἄγουσ᾽ ἐρημίαν   50

ἔστηκας, αὐτὴ θρεομένη σαυτῇ κακά;

πῶς σοῦ μόνη Μήδεια λείπεσθαι θέλει;

Τροφός

τέκνων ὀπαδὲ πρέσβυ τῶν Ἰάσονος,

χρηστοῖσι δούλοις ξυμφορὰ τὰ δεσποτῶν

κακῶς πίτνοντα, καὶ φρενῶν ἀνθάπτεται.   55

ἐγὼ γὰρ ἐς τοῦτ᾽ ἐκβέβηκ᾽ ἀλγηδόνος

ὥσθ᾽ ἵμερός μ᾽ ὑπῆλθε γῇ τε κοὐρανῷ

λέξαι μολούσῃ δεῦρο δεσποίνης τύχας.

Παιδαγωγός

οὔπω γὰρ ἡ τάλαινα παύεται γόων;

Τροφός

ζηλῶ σ᾽· ἐν ἀρχῇ πῆμα κοὐδέπω μεσοῖ.   60

가정교사:

마님께 이런 말을 해선 안 되지만, 바보 같구려,

지금 어떤 더 큰 불행이 닥쳐오는지도 모르니 말이오.

유모:

뭐라 하셨소? 부디 숨기지 말고 말해 주오.

가정교사:

아무것도 아니오. 방금 한 말 취소하오.

유모:

그대의 연로한 수염에 맹세코

동료지간에 숨기지 마시오,   65

마땅하다면 비밀에 부칠 테니 말이오.

Παιδαγωγός

ὦ μῶρος, εἰ χρὴ δεσπότας εἰπεῖν τόδε·

ὡς οὐδὲν οἶδε τῶν νεωτέρων κακῶν.

Τροφός

τί δ᾽ ἔστιν, ὦ γεραιέ; μὴ φθόνει φράσαι.

Παιδαγωγός

οὐδέν· μετέγνων καὶ τὰ πρόσθ᾽ εἰρημένα.

Τροφός

μή, πρὸς γενείου, κρύπτε σύνδουλον σέθεν·   65

σιγὴν γάρ, εἰ χρή, τῶνδε θήσομαι πέρι.

가정교사:

신성한 샘 페이레네 근처에서,

노인들이 앉아 장기를 두며 하는 말을

안 듣는 척하며 슬쩍 들었는데,

크레온 왕이 메데이아 마님과 그 아이들을   70

이 코린토스 땅에서 내쫓을 것이라 하오.

그 말이 사실인지 아닌지 난 모르지만,

부디 사실이 아니길 바랄 따름이오.

유모:

하지만 이아손 님이 자신의 아이들을

그렇게 되도록 내버려둘까요?

아무리 애들 어머니와 사이가 안 좋기로서니 말이오.   75

가정교사:

새로운 인연이 옛 인연을 멀게 만드는 법,

그분은 더 이상 이집에 애정이 없어요.

Παιδαγωγός

ἤκουσά του λέγοντος, οὐ δοκῶν κλύειν,

πεσσοὺς προσελθών, ἔνθα δὴ παλαίτεροι

θάσσουσι, σεμνὸν ἀμφὶ Πειρήνης ὕδωρ,

ὡς τούσδε παῖδας γῆς ἐλᾶν Κορινθίας   70

σὺν μητρὶ μέλλοι τῆσδε κοίρανος χθονὸς

Κρέων. ὁ μέντοι μῦθος εἰ σαφὴς ὅδε

οὐκ οἶδα: βουλοίμην δ᾽ ἂν οὐκ εἶναι τόδε.

Τροφός

καὶ ταῦτ᾽ Ἰάσων παῖδας ἐξανέξεται

πάσχοντας, εἰ καὶ μητρὶ διαφορὰν ἔχει;   75

Παιδαγωγός

παλαιὰ καινῶν λείπεται κηδευμάτων,

κοὐκ ἔστ᾽ ἐκεῖνος τοῖσδε δώμασιν φίλος.

유모:

이전의 고통이 채 사라지기 전에,

새 고통이 더해진다면, 우린 끝장이에요.

가정교사:

하지만 못 들은 척하시구려,

마님이 이 사실을 알 때가 아닌 것 같소,　　　　　　　80

비밀로 하고, 일절 입 밖에 내지 마오.

유모:

도련님들, 아버지가 어떤 사람인지 들으셨죠?

하지만 죽으라고 저주하진 않겠어요.

그분도 역시 내 주인이니까요.

하지만 가족들에게 잘못한 건 사실이에요.

Τροφός

ἀπωλόμεσθ᾽ ἄρ᾽, εἰ κακὸν προσοίσομεν
νέον παλαιῷ , πρὶν τόδ᾽ ἐξηντληκέναι.

Παιδαγωγός

ἀτὰρ σύ γ᾽, οὐ γὰρ καιρὸς εἰδέναι τόδε
δέσποιναν, ἡσύχαζε καὶ σίγα λόγον.

Τροφός

ὦ τέκν᾽, ἀκούεθ᾽ οἷος εἰς ὑμᾶς πατήρ;
ὄλοιτο μὲν μή: δεσπότης γάρ ἐστ᾽ ἐμός:
ἀτὰρ κακός γ᾽ ὢν ἐς φίλους ἁλίσκεται.

가정교사:

인간 중에 그렇지 않은 자가 있겠소? 85

모든 인간은 누구보다 자신을 더 사랑하는 법,

그걸 이제 아셨소? 정당한 이유에서든, 욕심 때문이든,

한 여자를 위해 아버지가 자식을 버리는 걸 보시오.

유모:

도련님들, 집 안으로 들어갑시다, 다 잘 될 테니.

(가정교사를 향해)

그리고 그대는 아이들을 가급적

고통 중에 있는 엄마에게 90

가까이 하지 않도록 하세요.

무슨 일이라도 저지를 듯이 아이들을 노려보는 걸

내가 보았다오. 누군가에게 그 분노를 쏟아 붓기 전에는

결코 잠잠해지지 않을 것이 분명하오.

설령 그렇다 하더라도 사랑하는 이가 아니라

적들에게 그랬으면 좋으련만! 95

Παιδαγωγός

τίς δ' οὐχὶ θνητῶν; ἄρτι γιγνώσκεις τόδε,   85

ὡς πᾶς τις αὑτὸν τοῦ πέλας μᾶλλον φιλεῖ,

[οἱ μὲν δικαίως, οἱ δὲ καὶ κέρδους χάριν]

εἰ τούσδε γ' εὐνῆς οὕνεκ' οὐ στέργει πατήρ;

Τροφός

ἴτ', εὖ γὰρ ἔσται, δωμάτων ἔσω, τέκνα.

σὺ δ' ὡς μάλιστα τούσδ' ἐρημώσας ἔχε   90

καὶ μὴ πέλαζε μητρὶ δυσθυμουμένῃ.

ἤδη γὰρ εἶδον ὄμμα νιν ταυρουμένην

τοῖσδ', ὥς τι δρασείουσαν· οὐδὲ παύσεται

χόλου, σάφ' οἶδα, πρὶν κατασκῆψαί τινι.

ἐχθρούς γε μέντοι, μὴ φίλους, δράσειέ τι.   95

(집 안에서 메데이아의 목소리가 들린다.)

메데이아 (목소리):

오 가련하고 비참한 내 신세,

차라리 죽어 버렸으면!

유모:

도련님들, 제가 말한 대로이지요?

어머니는 감정이 격앙되고 격분되어 있어요.

그러니 얼른 집 안으로 들어가서   100

눈에 띄지 않게 하시고,

가까이 가지 마세요.

저 사나운 성질과

완고한 마음을 조심하세요.

자, 어서 안으로 들어가세요!   105

Μήδεια

(ἔσωθεν)

ἰώ,

δύστανος ἐγὼ μελέα τε πόνων,

ἰώ μοί μοι, πῶς ἂν ὀλοίμαν;

Τροφός

τόδ᾽ ἐκεῖνο, φίλοι παῖδες: μήτηρ

κινεῖ κραδίαν, κινεῖ δὲ χόλον.

σπεύδετε θᾶσσον δώματος εἴσω   100

καὶ μὴ πελάσητ᾽ ὄμματος ἐγγὺς

μηδὲ προσέλθητ᾽, ἀλλὰ φυλάσσεσθ᾽

ἄγριον ἦθος στυγεράν τε φύσιν

φρενὸς αὐθάδους.

ἴτε νυν, χωρεῖθ᾽ ὡς τάχος εἴσω: 105

(가정교사와 아이들이 집 안으로 들어간다.)

지금 타오르기 시작한 탄식의 구름에
더 큰 격앙으로 불꽃을 피울 것이 분명하오.
가뜩이나 달래기 어려운 그녀의 자존심이
이런 부당한 상처를 입었으니,
대체 무슨 일을 저지를지?　　　　　　　　　　　110

메데이아 (목소리):
오, 나의 이 고통, 깊은 탄식을 자아내도다!
증오에 찬 어미의 저주스런 자식들이여,
네 아비와 함께 없어져 버려라,
온 집이여 무너져 버려라!

δῆλον ἀπ᾽ ἀρχῆς ἐξαιρόμενον
νέφος οἰμωγῆς ὡς τάχ᾽ ἀνάψει
μείζονι θυμῷ: τί ποτ᾽ ἐργάσεται
μεγαλόσπλαγχνος δυσκατάπαυστος
ψυχὴ δηχθεῖσα κακοῖσιν;   110

Μήδεια

αἰαῖ,
ἔπαθον τλάμων ἔπαθον μεγάλων
ἄξι᾽ ὀδυρμῶν. ὦ κατάρατοι
παῖδες ὄλοισθε στυγερᾶς ματρὸς
σὺν πατρί, καὶ πᾶς δόμος ἔρροι.

유모:

오, 가련한 내 신세! 115

아버지의 죄를 왜 아이들에게 씌우려 하지요?

왜 아이들을 미워하죠? 오, 불쌍한 도련님들,

어떤 끔찍한 일을 당하실는지!

높으신 분들의 성미는 대단하다니까요,

명령만 할 줄 알지, 복종을 모르거든요, 120

감정의 격동이 심해 쉽게 돌변하기도 하지요.

타인의 입장도 동등하게 배려하고 산다면

훨씬 좋을 텐데 말예요.

어쨌건, 나는 겸비하지만 큰 일없이

무난하게 늙어갈 수 있다면 좋겠구려. 125

중용은 그 이름도 빼어나지만, 실제로

필멸의 존재인 인간에게 가장 훌륭한 덕목이지요.

과도한 부귀는 인간에게 어떤 이득도 못 되며,

신을 노엽게 하는 집안은

그 파멸만 더 크게 할 뿐이라오. 130

Τροφός

ἰὼ μοί μοι, ἰὼ τλήμων.   115

τί δέ σοι παῖδες πατρὸς ἀμπλακίας

μετέχουσι; τί τούσδ᾽ ἔχθεις; οἴμοι,

τέκνα, μή τι πάθηθ᾽ ὡς ὑπεραλγῶ.

δεινὰ τυράννων λήματα καί πως

ὀλίγ᾽ ἀρχόμενοι, πολλὰ κρατοῦντες   120

χαλεπῶς ὀργὰς μεταβάλλουσιν.

τὸ γὰρ εἰθίσθαι ζῆν ἐπ᾽ ἴσοισιν

κρεῖσσον· ἐμοὶ γοῦν ἐπὶ μὴ μεγάλοις

ὀχυρῶς τ᾽ εἴη καταγηράσκειν.

τῶν γὰρ μετρίων πρῶτα μὲν εἰπεῖν   125

τοὔνομα νικᾷ, χρῆσθαί τε μακρῷ

λῷστα βροτοῖσιν· τὰ δ᾽ ὑπερβάλλοντ᾽

οὐδένα καιρὸν δύναται θνητοῖς,

μείζους δ᾽ ἄτας, ὅταν ὀργισθῇ

δαίμων οἴκοις, ἀπέδωκεν.   130

코로스:

불행한 콜키스 여인의 목소리,

그 외치는 울음소리를 나는 들었소.

그녀는 아직 진정되지 않았소?

말해 주오, 유모,

집 안에서 들려오는 고함소리를   135

내가 들었소.

이 집의 불행은 나의 아픔이오,

이 집과 나는 우의를 다져온 사이니 말이오.

유모:

집은 무슨 집, 이미 끝장난 판인데.   140

그 남편은 이 나라 공주와 결혼하고,

우리 마님은 방에 틀어 박혀 슬퍼하며

어떤 친구의 말도 위로가 되지 못하오.

Χορός

ἔκλυον φωνάν, ἔκλυον δὲ βοὰν

τᾶς δυστάνου

Κολχίδος· οὐδέπω ἤπιος;

ἀλλ᾽ ὦ γεραιά, λέξον. ἀπ᾽ ἀμφιπόλου

γὰρ ἔσω μελάθρου βοᾶν   135

ἔκλυον, οὐδὲ συνήδομαι, ὦ γύναι, ἄλγεσι

δώματος, ἐπεί μοι φιλία κέκραται.

Τροφός

οὐκ εἰσὶ δόμοι· φροῦδα τάδ᾽ ἤδη.

τὸν μὲν γὰρ ἔχει λέκτρα τυράννων,   140

ἡ δ᾽ ἐν θαλάμοις τήκει βιοτὴν

δέσποινα, φίλων οὐδενὸς οὐδὲν

παραθαλπομένη φρένα μύθοις.

메데이아 (목소리):

오, 하늘의 벼락아 내 머리를 쪼개어다오!

더 이상 산다는 것이 내게 무슨 소용이랴?　　　　　　　145

아, 아, 죽음으로 이 더러운 인생을 마감하고,

안식을 얻을 수 있다면 좋으련만!

코로스:

오, 제우스 신이시여,

대지의 여신, 태양의 신이시여,

저 비참한 여인의 통곡을 들으셨나이까?　　　　　　　150

경망한 여인이여, 그대는 왜

청해서는 안 되는 죽음의 잠을 갈망한단 말이오?

죽음의 날은 정녕 곧 이르나니,

굳이 간청할 필요는 없소이다.

Μήδεια

αἰαῖ,

διά μου κεφαλᾶς φλὸξ οὐρανία

βαίη: τί δέ μοι ζῆν ἔτι κέρδος;   145

φεῦ φεῦ: θανάτῳ καταλυσαίμαν

βιοτὰν στυγερὰν προλιποῦσα.

Χορός

ἄιες, ὦ Ζεῦ καὶ γᾶ καὶ φῶς,

ἀχὰν οἵαν ἁ δύστανος

μέλπει νύμφα;   150

τίς σοί ποτε τᾶς ἀπλά-

του κοίτας ἔρος, ὦ ματαία;

σπεύσει θανάτου τελευ-

τά: μηδὲν τόδε λίσσου.

설령 그대 남편이 다른 여자와 결혼하더라도   155
그 일로 너무 상심하지 마오.
제우스 신께서 당신의 편이 되어 줄 것이니.
그대 남편의 일로 지나치게
슬퍼하며 상심하지 마오.

메데이아 (목소리):
위대하신 테미스 신이시여,
아르테미스 여신이여,   160
나의 증오스런 남편과
굳은 맹세를 했던 내가 당하는
이 고통을 보시나요?

천만부당하게 그들이 내게 이 끔찍한
악행을 저질렀으니,
그와 그의 새 신부, 그 온 집이 파멸하는 꼴을
이 눈으로 보고 싶구려!   165
오, 아버지여, 나의 모국이여,
내 오라비를 죽이며까지 배반의 도주를 하였건만!

εἰ δὲ σὸς πόσις   155

καινὰ λέχη σεβί-

ζει, κείνῳ τόδε μὴ χαράσσου·

Ζεύς σοι τάδε συνδικήσει.

μὴ λίαν

τάκου δυρομένα σὸν εὐνάταν.

Μήδεια

ὦ μεγάλα Θέμι καὶ πότνι᾽ Ἄρτεμι,   160

λεύσσεθ᾽ ἃ πάσχω, μεγάλοις ὅρκοις

ἐνδησαμένα τὸν κατάρατον

πόσιν; ὅν ποτ᾽ ἐγὼ νύμφαν τ᾽ ἐσίδοιμ᾽

αὐτοῖς μελάθροις διακναιομένους,

οἳ᾽ ἐμὲ πρόσθεν τολμῶσ᾽ ἀδικεῖν.   165

ὦ πάτερ, ὦ πόλις, ὦν κάσιν αἰσχρῶς

τὸν ἐμὸν κτείνασ᾽ ἀπενάσθην.

유모:

인간들에게 맹세의 수호신으로 불리는 제우스 신,

그를 보필하는 법의 여신 테미스를 향해

부르짖으며 하는 말을 들었소?　　　　　　　　　　170

우리 마님이 대충 호지부지

분노를 누그러뜨리는

그런 일은 결코 없을 것입니다.

코로스:

오, 그녀가 우리에게 얼굴을 보이며

나오셔서 우리의 이런 말들을 들으시고,　　　　　　175

분을 삭이시고 마음의 울분을

달랠 수 있다면 얼마나 좋을까!

내 호의가 내 친구에게

변함없이 함께 하길 바라오!

그러니 지금 가셔서 여주인을 모셔오세요.　　　　　180

Τροφός

κλύεθ᾿ οἷα λέγει κἀπιβοᾶται

Θέμιν εὐκταίαν Ζηνός, ὃς ὅρκων

θνητοῖς ταμίας νενόμισται;   170

οὐκ ἔστιν ὅπως ἔν τινι μικρῷ

δέσποινα χόλον καταπαύσει

Χορός

πῶς ἂν ἐς ὄψιν τὰν ἁμετέραν

ἔλθοι μύθων τ᾿ αὐδαθέντων

δέξαιτ᾿ ὀμφάν,   175

εἴ πως βαρύθυμον ὀρ-

γὰν καὶ λῆμα φρενῶν μεθείη;

μήτοι τό γ᾿ ἐμὸν πρόθυ-

μον φίλοισιν ἀπέστω.

여기에 친구들이 기다린다고 하세요.
안에서 어떤 끔찍한 일을 벌이기 전에
어서 서두르세요.
그녀의 격정이 너무 강하게 분출하고 있어요.

유모:
그렇게 해 보리라. 마님을 설득할 수   185
있을지는 모르겠지만, 내 기꺼이
그대를 위해 수고를 아끼지 않으리이다.
시종들이 무언가 말하려 다가가면
새끼 난 암사자처럼 노려보신답니다.

옛 시인들은 어리석고 지혜롭지 못하다는   190
말이 옳은 것 같구려.
그들은 잔치, 주연, 연회를 위해
노래를 짓고,
인간 삶에 즐거운 음악을 선사했지만,

ἀλλὰ βᾶσά νιν   180

δεῦρο πόρευσον οἴ-

κων ἔξω· φίλα καὶ τάδ᾽ αὔδα,

σπεύσασά τι πρὶν κακῶσαι

τοὺς ἔσω·

πένθος γὰρ μεγάλως τόδ᾽ ὁρμᾶται.

Τροφός

δράσω τάδ᾽· ἀτὰρ φόβος εἰ πείσω

δέσποιναν ἐμήν·   185

μόχθου δὲ χάριν τήνδ᾽ ἐπιδώσω.

καίτοι τοκάδος δέργμα λεαίνης

ἀποταυροῦται δμωσίν, ὅταν τις

μῦθον προφέρων πέλας ὁρμηθῇ.

σκαιοὺς δὲ λέγων κοὐδέν τι σοφοὺς   190

τοὺς πρόσθε βροτοὺς οὐκ ἂν ἁμάρτοις,

οἵτινες ὕμνους ἐπὶ μὲν θαλίαις

ἐπί τ᾽ εἰλαπίναις καὶ παρὰ δείπνοις

ηὕροντο βίῳ τερπνὰς ἀκοάς·

그들 중 누구도 어떤 음악과 노래로도   195
인간의 깊은 고통을 삭이진 못했으니 말이오.
한 집안을 몰락시키는 죽음과
끔찍한 재앙을 불러오는 것이
바로 그 무서운 고통이지요.
노래가 이런 것들을 치유해 준다면
얼마나 좋겠소!   200

그런데도 연회가 열리는 곳마다, 의미 없이,
인간들은 큰 소리로 노래를 불러대지요.
풍성한 잔칫상으로
이미 기쁨이 넘칠 텐데 말이오.

(유모가 집 안으로 들어간다.)

코로스:
그녀의 신음에 찬 울부짖음을 나는 들었소.   205
혼인의 맹세를 배반한 남편을 향해
퍼붓는 비명의 탄식이었소.

στυγίους δὲ βροτῶν οὐδεὶς λύπας   195
ηὕρετο μούσῃ καὶ πολυχόρδοις
ᾠδαῖς παύειν, ἐξ ὧν θάνατοι
δειναί τε τύχαι σφάλλουσι δόμους.
καίτοι τάδε μὲν κέρδος ἀκεῖσθαι
μολπαῖσι βροτούς· ἵνα δ᾽ εὔδειπνοι   200
δαῖτες, τί μάτην τείνουσι βοήν;
τὸ παρὸν γὰρ ἔχει τέρψιν ἀφ᾽ αὑτοῦ
δαιτὸς πλήρωμα βροτοῖσιν.

Χορός

ἰαχὰν ἄϊον πολύστονον   205
γόων, λιγυρὰ δ᾽ ἄχεα μογερὰ
βοᾷ τὸν ἐν λέχει προδόταν κακόνυμφον·

제우스를 보필하는 맹세의 여신 테미스에게
고통을 호소하노니,
이 여신께서 그녀를 이곳 헬라스 땅으로   210
인도하시어, 검푸른 바다의 대문
보스포로스 해협을 건너왔도다.

(시종들이 따르며 메데이아가 집에서 나온다.)

메데이아:
코린토스 여인들이여, 그대들이
나를 흠담할까 해서 이렇게 나왔소.   215
많은 사람들은 겉으로나
속으로나 마찬가지로 오만하지만,
어떤 이는 조용히 사는데
악평을 듣기도 하는 것을 나는 알고 있지요.
인간의 눈으로 올바른 판단을 하기는 어렵지요,
한 사람에 대해 제대로 알기도 전에   220
겉만 보고 악평을 한답니다.
그가 아무런 해를 끼치지도 않았는데 말예요.

θεοκλυτεῖ δ᾽ ἄδικα <πάθη>

παθοῦσα τὰν Ζηνὸς ὁρ-

κίαν Θέμιν, ἅ νιν ἔβασεν

Ἑλλάδ᾽ ἐς ἀντίπορον   210

δι᾽ ἅλα νύχιον ἐφ᾽ ἁλμυρὰν

Πόντου κλῇδ᾽ ἀπέρατον.

Μήδεια

Κορίνθιαι γυναῖκες, ἐξῆλθον δόμων

μή μοί τι μέμψησθ᾽· οἶδα γὰρ πολλοὺς βροτῶν   215

σεμνοὺς γεγῶτας, τοὺς μὲν ὀμμάτων ἄπο,

τοὺς δ᾽ ἐν θυραίοις· οἱ δ᾽ ἀφ᾽ ἡσύχου ποδὸς

δύσκλειαν ἐκτήσαντο καὶ ῥᾳθυμίαν.

δίκη γὰρ οὐκ ἔνεστ᾽ ἐν ὀφθαλμοῖς βροτῶν,

ὅστις πρὶν ἀνδρὸς σπλάγχνον ἐκμαθεῖν σαφῶς   220

στυγεῖ δεδορκώς, οὐδὲν ἠδικημένος.

χρὴ δὲ ξένον μὲν κάρτα προσχωρεῖν πόλει·

특히 이방인은 그 도시의 예법을 따라야겠지요.
하지만 오만하고 무례해서 이웃에게
상처를 주는 시민을 칭찬할 수는 없답니다.   225
나는 뜻하지 않은 일을 당해 삶이 망가졌어요.
끝장났다고요. 삶의 모든 기쁨이 사라졌고,
죽고 싶다고요. 내가 전적으로 믿었던 그가,
내 남편이 가장 비열한 인간으로 드러났어요.

지각을 가진 생명체 가운데 가장 불행한   230
피조물이 바로 우리 여자란 말이오.
첫째, 엄청난 재산을 바쳐 남편을 사서,
또한 우리의 주인으로 모셔야 하지요.
후자의 이런 노예 같은 삶은 더 큰 불행이지요.
그러니 여자의 생에서 가장 중요한 것은   235
좋은 주인을 섬기느냐 나쁜 주인을 섬기느냐는 거죠.
여자에겐 이혼도 불명예요,
결혼도 피할 수 없으니 말예요.

οὐδ᾽ ἀστὸν ἤνεσ᾽ ὅστις αὐθάδης γεγὼς

πικρὸς πολίταις ἐστὶν ἀμαθίας ὕπο.

ἐμοὶ δ᾽ ἄελπτον πρᾶγμα προσπεσὸν τόδε   225

ψυχὴν διέφθαρκ᾽: οἴχομαι δὲ καὶ βίου

χάριν μεθεῖσα κατθανεῖν χρῄζω, φίλαι.

ἐν ᾧ γὰρ ἦν μοι πάντα, γιγνώσκω καλῶς,

κάκιστος ἀνδρῶν ἐκβέβηχ᾽ οὑμὸς πόσις.

πάντων δ᾽ ὅσ᾽ ἔστ᾽ ἔμψυχα καὶ γνώμην ἔχει   230

γυναῖκές ἐσμεν ἀθλιώτατον φυτόν:

ἃς πρῶτα μὲν δεῖ χρημάτων ὑπερβολῇ

πόσιν πρίασθαι, δεσπότην τε σώματος

[λαβεῖν: κακοῦ γὰρ τοῦτ᾽ ἔτ᾽ ἄλγιον κακόν].

κἀν τῷδ᾽ ἀγὼν μέγιστος, ἢ κακὸν λαβεῖν   235

ἢ χρηστόν: οὐ γὰρ εὐκλεεῖς ἀπαλλαγαὶ

γυναιξὶν οὐδ᾽ οἷόν τ᾽ ἀνήνασθαι πόσιν.

한 여자가 결혼하여 남편 집으로 와서
새로운 관습을 좇아 생활할 때,
미리 배운 적도 없이 남편을 잘 다루어야 하니,
신통력을 발휘하지 않으면 안 된다오.   240

여자가 이런 일을 잘 해 내어
남편이 결혼의 멍에를 불평 없이 지고
살아준다면, 부러운 삶이요,
그렇지 않다면, 차라리 죽음이 더 낫겠지요.
집에서 불화하면 남편은 집밖으로 돌며   245
친구나 또래들과 어울리며 따분함을 달래지요.
하지만 여자는 한 남자만 바라보며 살아야 해요.

남자들은 창을 들고 싸우러 나가지만,
여자들은 편히 집에서 지낸다고 하는데,
정말 말도 안 되는 소리!   250
아이 한 번 출산하기보다
차라리 세 번 전장에 나가겠어요.

ἐς καινὰ δ᾽ ἤθη καὶ νόμους ἀφιγμένην

δεῖ μάντιν εἶναι, μὴ μαθοῦσαν οἴκοθεν,

ὅπως ἄριστα χρήσεται ξυνευνέτῃ.   240

κἂν μὲν τάδ᾽ ἡμῖν ἐκπονουμέναισιν εὖ

πόσις ξυνοικῇ μὴ βίᾳ φέρων ζυγόν,

ζηλωτὸς αἰών: εἰ δὲ μή, θανεῖν χρεών.

ἀνὴρ δ᾽, ὅταν τοῖς ἔνδον ἄχθηται ξυνών,

ἔξω μολὼν ἔπαυσε καρδίαν ἄσης   245

[ἢ πρὸς φίλον τιν᾽ ἢ πρὸς ἥλικα τραπείς]:

ἡμῖν δ᾽ ἀνάγκη πρὸς μίαν ψυχὴν βλέπειν.

λέγουσι δ᾽ ἡμᾶς ὡς ἀκίνδυνον βίον

ζῶμεν κατ᾽ οἴκους, οἱ δὲ μάρνανται δορί,

κακῶς φρονοῦντες: ὡς τρὶς ἂν παρ᾽ ἀσπίδα   250

στῆναι θέλοιμ᾽ ἂν μᾶλλον ἢ τεκεῖν ἅπαξ.

ἀλλ᾽ οὐ γὰρ αὐτὸς πρὸς σὲ κἄμ᾽ ἥκει λόγος:

그대들과 나는 처지도 같지 않아요.
당신들은 고향 땅, 고향 집에서 친구와 어울리며
즐겁게 살지만, 나는 이방 땅에서   255
전리품 같은 신세가 되어, 일가친척도 없이,
남편 때문에 고통 받고 있어요.
하지만 이런 불행을 피할 언덕이 되어 줄
어머니도, 형제도, 어떤 피붙이도 없어요.

그러니 그대여, 부디 한 가지 부탁을 들어주오.
내 남편과 새 신부와 장인에 대해,   260
내가 당한 수모를 보복할 계획을 하고,
어떤 방법을 모색하더라도, 비밀로 해 주오.
다른 모든 일들에서는 여자가 겁도 많고,
칼을 들거나 전투에서 싸울 용기도 없지만,
혼인의 맹세에 침해를 당한다면,   265
어느 누구보다 피터지게 싸우며 달려들지요.

σοὶ μὲν πόλις θ᾽ ἥδ᾽ ἐστὶ καὶ πατρὸς δόμοι

βίου τ᾽ ὄνησις καὶ φίλων συνουσία,

ἐγὼ δ᾽ ἔρημος ἄπολις οὖσ᾽ ὑβρίζομαι   255

πρὸς ἀνδρός, ἐκ γῆς βαρβάρου λελησμένη,

οὐ μητέρ᾽, οὐκ ἀδελφόν, οὐχὶ συγγενῆ

μεθορμίσασθαι τῆσδ᾽ ἔχουσα συμφορᾶς.

τοσοῦτον οὖν σου τυγχάνειν βουλήσομαι,

ἤν μοι πόρος τις μηχανή τ᾽ ἐξευρεθῇ   260

πόσιν δίκην τῶνδ᾽ ἀντιτείσασθαι κακῶν

[τὸν δόντα τ᾽ αὐτῷ θυγατέρ᾽ ἥ τ᾽ ἐγήματο],

σιγᾶν. γυνὴ γὰρ τἄλλα μὲν φόβου πλέα

κακή τ᾽ ἐς ἀλκὴν καὶ σίδηρον εἰσορᾶν·

ὅταν δ᾽ ἐς εὐνὴν ἠδικημένη κυρῇ,   265

οὐκ ἔστιν ἄλλη φρὴν μιαιφονωτέρα.

코로스:

그러지요, 메데이아, 당신 남편에게 보복하는 것은
정당하며, 그런 일을 당하고 크게 상심하는 것은
놀랄 일이 아니지요.

(크레온 왕과 수행원들이 등장한다.)

저기 이 나라의 통치자이신 크레온 왕이 오시네요.
뭔가 새로운 계획을 선포하시려나 봅니다.   270

크레온:

메데이아, 당신이 남편에게 원한을 품고
잔뜩 찡그린 얼굴을 하고 있는데,
두 아이를 데리고 당장 이 땅을 떠나시오.
당장 이 명령을 집행하고자 하니,
이 땅의 경계 밖으로 당신을 쫓아내기 전에는   275
나는 결코 집으로 돌아가지 않을 것이오.

Χορός

δράσω τάδ᾿: ἐνδίκως γὰρ ἐκτείσῃ πόσιν,

Μήδεια. πενθεῖν δ᾿ οὔ σε θαυμάζω τύχας.

ὁρῶ δὲ καὶ Κρέοντα, τῆσδ᾿ ἄνακτα γῆς,

στείχοντα, καινῶν ἄγγελον βουλευμάτων.   270

Κρέων

σὲ τὴν σκυθρωπὸν καὶ πόσει θυμουμένην,

Μήδει᾿, ἀνεῖπον τῆσδε γῆς ἔξω περᾶν

φυγάδα, λαβοῦσαν δισσὰ σὺν σαυτῇ τέκνα,

καὶ μή τι μέλλειν: ὡς ἐγὼ βραβεὺς λόγου

τοῦδ᾿ εἰμί, κοὐκ ἄπειμι πρὸς δόμους πάλιν   275

πρὶν ἄν σε γαίας τερμόνων ἔξω βάλω.

메데이아:

오, 이제 끝장났구나, 완전 파멸이로구나!

나의 적들이 돛을 높이 올리며 돌진해 오건만,

이 재앙을 피할 항구도 없구나.

하지만 내 비록 핍박 가운데 있지만,

한 가지 질문은 하리이다.   280

왕이시여, 왜 저를 추방하시려 하십니까?

크레온:

숨길 필요 없이 말 하리라.

당신이 내 딸에게 뭔가 치명적 악행을

끼치지 않을까 두렵구려.

이런 생각을 하게 된 근거가 많은데,

당신은 영리한 여자이며, 술수에도 능하고,   285

또한 남편의 사랑을 잃고 격분해 있다오.

사람들을 통해 전해 듣기에도, 당신은

당신의 남편과 새 신부와 장인을 해칠 것이라

협박하고 있다고 했소. 그러니 사전에 조심해야지요.

Μήδεια

αἰαῖ: πανώλης ἡ τάλαιν' ἀπόλλυμαι:

ἐχθροὶ γὰρ ἐξιᾶσι πάντα δὴ κάλων,

κοὐκ ἔστιν ἄτης εὐπρόσοιστος ἔκβασις.

ἐρήσομαι δὲ καὶ κακῶς πάσχουσ' ὅμως: 280

τίνος μ' ἔκατι γῆς ἀποστέλλεις, Κρέον;

Κρέων

δέδοικά σ' (οὐδὲν δεῖ παραμπίσχειν λόγους)

μή μοί τι δράσῃς παῖδ' ἀνήκεστον κακόν.

συμβάλλεται δὲ πολλὰ τοῦδε δείγματα:

σοφὴ πέφυκας καὶ κακῶν πολλῶν ἴδρις,   285

λυπῇ δὲ λέκτρων ἀνδρὸς ἐστερημένη.

κλύω δ' ἀπειλεῖν σ', ὡς ἀπαγγέλλουσί μοι,

τὸν δόντα καὶ γήμαντα καὶ γαμουμένην

δράσειν τι. ταῦτ' οὖν πρὶν παθεῖν φυλάξομαι.

지금 당신의 미움을 받는 게 차라리 나으니,   290
관용을 베풀다 나중에 후회하지 않도록 말이오.

메데이아:
아, 크레온 왕이시여, 이전에도 그런 명성 때문에
종종 고초를 많이 겪었답니다.
분별 있는 사람이라면 그 자녀들을 정도를 넘어
너무 영리하게 키워선 안 되지요.   295
조용히 사는 것과 무관하게,
동료 시민들의 시기와 악평을 얻게 되지요.

어리석은 자들에게 새로운 지혜를 가르친다면,
당신은 쓸데없고, 분별없는 자로 보이죠.
영리하다고 명성을 떨치는 이들 보다   300
당신이 더 뛰어나다고 알려지면, 미움을 사게 되고요.
제가 바로 그런 입장에 놓여 있어요.

κρεῖσσον δέ μοι νῦν πρός σ᾽ ἀπεχθέσθαι, γύναι,   290

ἢ μαλθακισθένθ᾽ ὕστερον μεταστένειν.

Μήδεια

φεῦ φεῦ.

οὐ νῦν με πρῶτον ἀλλὰ πολλάκις, Κρέον,

ἔβλαψε δόξα μεγάλα τ᾽ εἴργασται κακά.

χρὴ δ᾽ οὔποθ᾽ ὅστις ἀρτίφρων πέφυκ᾽ ἀνὴρ

παῖδας περισσῶς ἐκδιδάσκεσθαι σοφούς: 295

χωρὶς γὰρ ἄλλης ἧς ἔχουσιν ἀργίας

φθόνον πρὸς ἀστῶν ἀλφάνουσι δυσμενῆ.

σκαιοῖσι μὲν γὰρ καινὰ προσφέρων σοφὰ

δόξεις ἀχρεῖος κοὐ σοφὸς πεφυκέναι:

τῶν δ᾽ αὖ δοκούντων εἰδέναι τι ποικίλον   300

κρείσσων νομισθεὶς ἐν πόλει λυπρὸς φανῇ.

ἐγὼ δὲ καὐτὴ τῆσδε κοινωνῶ τύχης:

영리한 까닭에 어떤 이는 시기하고,

더러는 조용히 산다고도 하고

그 반대라고도 하죠. 어떤 이는 두려워하죠.

하지만 저는 그리 영리한 편이 아니에요.   305

왕이시여, 무얼 그리 두려워하십니까?

두려워 마세요. 저는 통치자를 대적하여

위해를 가할 그런 사람은 아니에요.

그리고 왕께서 저에게 무슨 잘못을 했나요?

그저 마음이 끌리는 사람에게 딸을 준 것이죠.   310

제가 미워하는 건 제 남편일 뿐,

왕께서는 현명하게 잘하신 것이죠.

잘 되어 가는 일을 시기할 바는 아닌 거죠.

혼례를 치르시고, 여러분 모두 행복하길 바라오.

다만 제가 이 땅에 살게 해 주세요.

수치를 당했지만 조용히 순종하며 살 테니까요.   315

σοφὴ γὰρ οὖσα, τοῖς μέν εἰμ᾽ ἐπίφθονος,

[τοῖς δ᾽ ἡσυχαία, τοῖς δὲ θατέρου τρόπου,

τοῖς δ᾽ αὖ προσάντης: εἰμὶ δ᾽ οὐκ ἄγαν σοφή,]   305

σὺ δ᾽ αὖ φοβῇ με: μὴ τί πλημμελὲς πάθῃς;

οὐχ ὧδ᾽ ἔχει μοι, μὴ τρέσῃς ἡμᾶς, Κρέον,

ὥστ᾽ ἐς τυράννους ἄνδρας ἐξαμαρτάνειν.

σὺ γὰρ τί μ᾽ ἠδίκηκας; ἐξέδου κόρην

ὅτῳ σε θυμὸς ἦγεν. ἀλλ᾽ ἐμὸν πόσιν   310

μισῶ: σὺ δ᾽, οἶμαι, σωφρονῶν ἔδρας τάδε.

καὶ νῦν τὸ μὲν σὸν οὐ φθονῶ καλῶς ἔχειν:

νυμφεύετ᾽, εὖ πράσσοιτε: τήνδε δὲ χθόνα

ἐᾶτέ μ᾽ οἰκεῖν. καὶ γὰρ ἠδικημένοι

σιγησόμεσθα, κρεισσόνων νικώμενοι.   315

크레온:

당신의 말은 유순하게 들리지만,

심중에 어떤 악행을 꾸미는지 두렵구려.

이전보다 더 신뢰하기 어렵단 말이오.

화를 벌컥 내는 여자나 남자가

속마음을 감추는 영리한 여자보다 방어하기 쉬운 법.　　　320

안 되겠소, 자, 즉시 떠나시오, 더 말할 필요 없소.

내 결정은 확고하오. 나를 대적하는 자를

우리와 함께 하도록 내버려둘 수는 없소.

(메데이아가 그 앞에 무릎을 꿇고 탄원한다.)

메데이아:

제발 그렇게 하지 마세요. 왕의 무릎을

붙잡고, 새 신부의 이름으로 간청 드립니다.

Κρέων

λέγεις ἀκοῦσαι μαλθάκ᾽, ἀλλ᾽ ἔσω φρενῶν

ὀρρωδία μοι μή τι βουλεύσῃς κακόν,

τοσῷδε δ᾽ ἧσσον ἢ πάρος πέποιθά σοι·

γυνὴ γὰρ ὀξύθυμος, ὡς δ᾽ αὔτως ἀνήρ,

ῥάων φυλάσσειν ἢ σιωπηλὸς σοφή.   320

ἀλλ᾽ ἔξιθ᾽ ὡς τάχιστα, μὴ λόγους λέγε·

ὡς ταῦτ᾽ ἄραρε, κοὐκ ἔχεις τέχνην ὅπως

μενεῖς παρ᾽ ἡμῖν οὖσα δυσμενὴς ἐμοί.

Μήδεια

μή, πρός σε γονάτων τῆς τε νεογάμου κόρης.

크레온:

더 말해 봐야 소용없소. 날 설득할 순 없을 거요.   325

메데이아:

탄원자의 간청을 무시하고 날 추방하시렵니까?

크레온:

그렇소. 당신보다 내 가족이 더 소중하니.

메데이아:

오, 나의 조국이여, 너무나 그립구나!

크레온:

자식들 다음으로 내게 가장 소중한 것이 조국이라오.

메데이아:

오, 사랑이 큰 불행의 뿌리가 되었구나.   330

Κρέων

λόγους ἀναλοῖς· οὐ γὰρ ἂν πείσαις ποτέ. 325

Μήδεια

ἀλλ᾽ ἐξελᾷς με κοὐδὲν αἰδέσῃ λιτάς;

Κρέων

φιλῶ γὰρ οὐ σὲ μᾶλλον ἢ δόμους ἐμούς.

Μήδεια

ὦ πατρίς, ὥς σου κάρτα νῦν μνείαν ἔχω.

Κρέων

πλὴν γὰρ τέκνων ἔμοιγε φίλτατον πολύ.

Μήδεια

φεῦ φεῦ, βροτοῖς ἔρωτες ὡς κακὸν μέγα. 330

크레온:

그건 각자의 운에 달린 것 같구려.

메데이아:

제우스 신이시여,

이런 불행을 초래한 자를 잊지 마소서!

크레온:

어서 가시오, 어리석은 여자 같으니라고!

골치 아프게 하지 말고 어서.

메데이아:

나 역시 골치 아픈 사람이니,

더 이상 골칫거리는 필요치 않아요.

크레온:

그럼 내 하인들에 의해 끌려 나가게 될 것이오.　　335

Κρέων

ὅπως ἄν, οἶμαι, καὶ παραστῶσιν τύχαι.

Μήδεια

Ζεῦ, μὴ λάθοι σε τῶνδ᾽ ὃς αἴτιος κακῶν.

Κρέων

ἕρπ᾽, ὦ ματαία, καί μ᾽ ἀπάλλαξον πόνων.

Μήδεια

πονοῦμεν ἡμεῖς κοὐ πόνων κεχρήμεθα.

Κρέων

τάχ᾽ ἐξ ὀπαδῶν χειρὸς ὠσθήσῃ βίᾳ.   335

메데이아:

안 돼요, 제발, 왕이시여!

크레온:

이 여인이! 날 성가시게 하려는 모양이구려.

메데이아:

떠날게요, 하지만 제가 간청 드리고자
한 것은 이게 아니에요.

크레온:

그럼 왜 억지를 부리며
내 팔에 매달리는 거요?

메데이아:

오늘 하루만 머물게 해 주세요,   340
떠나서 살아갈 계획도 하고,
애들 아버지가 아무 관심이 없으니,
아이들에게 필요한 것들도 좀 챙기도록 말예요.

Μήδεια

μὴ δῆτα τοῦτό γ᾽, ἀλλά σ᾽ ἄντομαι, Κρέον.

Κρέων

ὄχλον παρέξεις, ὡς ἔοικας, ὦ γύναι.

Μήδεια

φευξούμεθ᾽: οὐ τοῦθ᾽ ἱκέτευσα σοῦ τυχεῖν.

Κρέων

τί δαὶ βιάζῃ κοὐκ ἀπαλλάσσῃ χερός;

Μήδεια

μίαν με μεῖναι τήνδ᾽ ἔασον ἡμέραν   340

καὶ ξυμπερᾶναι φροντίδ᾽ ᾗ φευξούμεθα,

παισίν τ᾽ ἀφορμὴν τοῖς ἐμοῖς, ἐπεὶ πατὴρ

οὐδὲν προτιμᾷ, μηχανήσασθαί τινα.

왕께서도 또한 자식들이 있으니,

불쌍히 여겨주시어,

아이들에게 선처를 베푸는 것이 마땅한 줄 압니다.   345

저는 추방되어도 괜찮겠지만,

그들이 겪을 불행에 눈물이 앞서는군요.

크레온:

나는 폭군의 기질을 타고나진 못했소,

배려하는 마음에 일을 망치기도 했고요.

지금도 역시 실수를 저지르는 감이 있지만,

여인이여, 그대의 청을 들어주리라.   350

하지만 내일 아침 해가 뜬 후,

이 땅에서 당신과 아이들을 본다면,

그때는 죽게 되리라.

그냥 하는 소리가 아니니 명심하시오.

자, 머물겠다면 딱 하루만 머무시오.   355

그새 어떤 끔찍한 짓을 저지르지는 못하겠지.

(크레온과 수행원들 퇴장한다.)

οἴκτιρε δ᾽ αὐτούς: καὶ σύ τοι παίδων πατὴρ
πέφυκας: εἰκὸς δέ σφιν εὔνοιάν σ᾽ ἔχειν.   345
τοὐμοῦ γὰρ οὔ μοι φροντίς, εἰ φευξούμεθα,
κείνους δὲ κλαίω συμφορᾷ κεχρημένους.

Κρέων

ἥκιστα τοὐμὸν λῆμ᾽ ἔφυ τυραννικόν,
αἰδούμενος δὲ πολλὰ δὴ διέφθορα:
καὶ νῦν ὁρῶ μὲν ἐξαμαρτάνων, γύναι,   350
ὅμως δὲ τεύξῃ τοῦδε. προυννέπω δέ σοι,
εἴ σ᾽ ἡ 'πιοῦσα λαμπὰς ὄψεται θεοῦ
καὶ παῖδας ἐντὸς τῆσδε τερμόνων χθονός,
θανῇ: λέλεκται μῦθος ἀψευδὴς ὅδε.
νῦν δ᾽, εἰ μένειν δεῖ, μίμν᾽ ἐφ᾽ ἡμέραν μίαν: 355
οὐ γάρ τι δράσεις δεινὸν ὧν φόβος μ᾽ ἔχει.

코로스:

오, 불행한 여인이여,

어디로 가시려오? 도움의 손길과

재앙에서 건져줄 나라와 집을

찾기는 할까?   360

신은 메데이아 그대를 소망 없는

고난의 바다로 던져 넣구려.

메데이아:

만사가 불운에 휩싸였고,

그건 부인할 수 없는 사실이죠.

하지만 이게 끝은 아니니 그런 생각일랑 마세요.   365

〈내 마법의 능력이 살아있다면

결국 해 내고 말 것이니까요.〉

신랑 신부가 겪어야 할 고통이며,

그 가족이 당할 고초가 만만치 않으리라.

내가 아무 이익도 계획도 없이

왕에게 아첨을 떨었겠소? 그렇지 않았더라면,

그에게 아무 말도 걸지 않고,

Χορός

[δύστανε γύναι,]

φεῦ φεῦ, μελέα τῶν σῶν ἀχέων.

ποῖ ποτε τρέψῃ; τίνα προξενίαν

ἢ δόμον ἢ χθόνα σωτῆρα κακῶν   360

ἐξευρήσεις; ὡς εἰς ἄπορόν σε κλύδωνα θεός,

Μήδεια, κακῶν ἐπόρευσεν.

Μήδεια

κακῶς πέπρακται πανταχῇ· τίς ἀντερεῖ;

ἀλλ᾽ οὔτι ταύτῃ ταῦτα, μὴ δοκεῖτέ πω,   365

<μέλλει τελευτᾶν εἴ τι τῇ τέχνῃ σθένω.>

ἔτ᾽ εἴσ᾽ ἀγῶνες τοῖς νεωστὶ νυμφίοις

καὶ τοῖσι κηδεύσασιν οὐ σμικροὶ πόνοι.

δοκεῖς γὰρ ἄν με τόνδε θωπεῦσαί ποτε

εἰ μή τι κερδαίνουσαν ἢ τεχνωμένην;

붙잡고 매달리지도 않았을 것이오.   370

왕이 나를 추방시켜
내 계획을 막을 수도 있었지만,
그는 어리석게도 내게 하루를 머물게 했소.
그새 나는 내 남편, 그리고 아버지와 딸,
이렇게 세 원수를 시신으로 만들 것이오.   375
그들을 죽일 방법은 여럿이라,
먼저 어떤 방법을 쓸지 모르겠구려.

친구들이여, 혼인집에 불을 질러버릴까요,
침상에 몰래 기어들어가
비수로 심장을 찔러버릴까요?   380
하지만 한 가지 생각할 문제가 있어요.
파멸을 꾀하며 그 집으로 잠입하다 잡히면
난 죽게 될 것이고, 내 원수들은 좋아하겠죠.
그러니 내가 가장 능숙한 지름길을 택하는 게
최상일 듯하오, 그들을 독살하는 것이죠.   385
좋았어, 그렇게 하자고!

οὐδ᾽ ἂν προσεῖπον οὐδ᾽ ἂν ἡψάμην χεροῖν.　　370

ὁ δ᾽ ἐς τοσοῦτον μωρίας ἀφίκετο,

ὥστ᾽, ἐξὸν αὐτῷ τἄμ᾽ ἑλεῖν βουλεύματα

γῆς ἐκβαλόντι, τήνδ᾽ ἐφῆκεν ἡμέραν

μεῖναί μ᾽, ἐν ᾗ τρεῖς τῶν ἐμῶν ἐχθρῶν νεκροὺς

θήσω, πατέρα τε καὶ κόρην πόσιν τ᾽ ἐμόν.　　375

πολλὰς δ᾽ ἔχουσα θανασίμους αὐτοῖς ὁδούς,

οὐκ οἶδ᾽ ὁποίᾳ πρῶτον ἐγχειρῶ, φίλαι:

πότερον ὑφάψω δῶμα νυμφικὸν πυρί,

[ἢ θηκτὸν ὤσω φάσγανον δι᾽ ἥπατος,]

σιγῇ δόμους ἐσβᾶσ᾽, ἵν᾽ ἔστρωται λέχος;　　380

ἀλλ᾽ ἕν τί μοι πρόσαντες: εἰ ληφθήσομαι

δόμους ὑπερβαίνουσα καὶ τεχνωμένη,

θανοῦσα θήσω τοῖς ἐμοῖς ἐχθροῖς γέλων.

κράτιστα τὴν εὐθεῖαν, ᾗ πεφύκαμεν

σοφοὶ μάλιστα, φαρμάκοις αὐτοὺς ἑλεῖν.　　385

εἶέν: καὶ δὴ τεθνᾶσι: τίς με δέξεται πόλις;

그렇게 그들이 죽었다 하자, 그 다음,
어떤 도시가 나를 받아주지? 어떤 친구가
안전한 나라와 집을 주며 날 지켜주지? 없어요.
그러니 안전한 성채가 나타날 때까지
잠시 기다려봐야지, 그때 은밀한 계략으로   390
살해하도록 해야지.

만약 발각되어 일이 어렵게 된다면, 그땐
칼을 뽑아 들어, 죽음을 각오하고라도,
과감히 나아가 그들을 죽여야지.
내 집 가운데 함께 하며, 내가 경배하는   395
나의 동반자, 헤카테 여신에게 맹세하고,
내게 고통을 준 자는 반드시 되갚아 주리라.
그들의 결혼식, 그들의 혼인관계,
이 땅에서 나를 추방하려는 계획,
이 모든 것들이 수포로 돌아갈 것이오.   400

τίς γῆν ἄσυλον καὶ δόμους ἐχεγγύους

ξένος παρασχὼν ῥύσεται τοὐμὸν δέμας;

οὐκ ἔστι. μείνασ' οὖν ἔτι σμικρὸν χρόνον,

ἢν μέν τις ἡμῖν πύργος ἀσφαλὴς φανῇ,   390

δόλῳ μέτειμι τόνδε καὶ σιγῇ φόνον·

ἢν δ' ἐξελαύνῃ ξυμφορά μ' ἀμήχανος,

αὐτὴ ξίφος λαβοῦσα, κεἰ μέλλω θανεῖν,

κτενῶ σφε, τόλμης δ' εἶμι πρὸς τὸ καρτερόν.

οὐ γὰρ μὰ τὴν δέσποιναν ἣν ἐγὼ σέβω   395

μάλιστα πάντων καὶ ξυνεργὸν εἱλόμην,

Ἑκάτην, μυχοῖς ναίουσαν ἑστίας ἐμῆς,

χαίρων τις αὐτῶν τοὐμὸν ἀλγυνεῖ κέαρ.

πικροὺς δ' ἐγώ σφιν καὶ λυγροὺς θήσω γάμους,

πικρὸν δὲ κῆδος καὶ φυγὰς ἐμὰς χθονός.   400

자, 메데이아, 계획하고 음모를 꾸밀 때
네가 할 수 있는 모든 술수를 다 동원해!
밀어붙여, 용기 있는 결단이 필요해.
네가 어떤 일을 당했는지 잘 알잖아?
계략의 왕 시쉬포스의 후손들과 이아손의
결혼으로 네가 조롱거리가 되어선 안 돼.   405
너는 헬리오스의 피를 받았고,
훌륭한 아버지에게서 태어났잖아.
너는 잘 처리할 능력이 있어.
더욱이, 넌 여자잖아. 여자란 타고난 악행의
달인이잖아, 선행에는 젬병이지만 말이야!

코로스:

신성한 강물도 거꾸로 흘러가고,   410
만물의 질서가 뒤집어졌도다.
인간의 생각은 믿을 수 없나니,
신의 이름으로 맹세한 것마저 저버리도다.
인간의 상식도 변했나니,   415
여자의 일도 합당한 평가를 받고,

ἀλλ᾽ εἶα φείδου μηδὲν ὧν ἐπίστασαι,

Μήδεια, βουλεύουσα καὶ τεχνωμένη·

ἕρπ᾽ ἐς τὸ δεινόν· νῦν ἀγὼν εὐψυχίας.

ὁρᾷς ἃ πάσχεις; οὐ γέλωτα δεῖ σ᾽ ὀφλεῖν

τοῖς Σισυφείοις τοῖσδ᾽ Ἰάσονος γάμοις,   405

γεγῶσαν ἐσθλοῦ πατρὸς Ἡλίου τ᾽ ἄπο.

ἐπίστασαι δέ· πρὸς δὲ καὶ πεφύκαμεν

γυναῖκες, ἐς μὲν ἔσθλ᾽ ἀμηχανώταται,

κακῶν δὲ πάντων τέκτονες σοφώταται.

Χορός

ἄνω ποταμῶν ἱερῶν χωροῦσι παγαί,   410

καὶ δίκα καὶ πάντα πάλιν στρέφεται·

ἀνδράσι μὲν δόλιαι βουλαί, θεῶν δ᾽

οὐκέτι πίστις ἄραρεν.

τὰν δ᾽ ἐμὰν εὔκλειαν ἔχειν βιοτὰν στρέψουσι φᾶμαι·   415

ἔρχεται τιμὰ γυναικείῳ γένει·

여자도 명성을 떨치리니,

악명은 더 이상 여자의 몫이 아니도다. 420

음악의 여신들은,

옛 시인들의 노래에서,

여자들은 믿을 수 없다는 노래를 그치리라.

음악의 신 아폴론께서

우리 여자들에게는

뤼라 선율에 어울리는 재능을 주시지 않았도다. 425

그러지 않았다면,

남자들에 맞서 한 곡조 읊었을 텐데.

기나긴 인간사에서

여자뿐만 아니라 남자들에 관해서도

할 얘기가 많을 텐데 말이죠. 430

οὐκέτι δυσκέλαδος

φάμα γυναῖκας ἕξει. 420

Χορός

μοῦσαι δὲ παλαιγενέων λήξουσ᾽ ἀοιδῶν

τὰν ἐμὰν ὑμνεῦσαι ἀπιστοσύναν.

οὐ γὰρ ἐν ἁμετέρᾳ γνώμᾳ λύρας

ὤπασε θέσπιν ἀοιδὰν 425

Φοῖβος ἁγήτωρ μελέων· ἐπεὶ ἀντάχησ᾽ ἂν ὕμνον

ἀρσένων γέννᾳ. μακρὸς δ᾽ αἰὼν ἔχει

πολλὰ μὲν ἁμετέραν

ἀνδρῶν τε μοῖραν εἰπεῖν. 430

메데이아 그대는
사랑에 미쳐
아버지 집을 떠나
쌍바위 해협의 쉼플레가데스를 건너는
죽음을 각오한 항해를 하였고,
지금 이 타국 땅에 살거늘,   435
이제 혼인의 맹세도 무너지고,
남편도 잃고, 가련한 여인이여,
모든 권리를 다 빼앗기고
이 땅에서 추방되는구려!

맹세의 신성한 힘은 사라졌고,
이 넓은 헬라스 땅에서 수치심도 사라져,   440
저 하늘로 날아가 버렸도다.
불행한 여인이여, 그대는
피난처가 되어 줄 아버지의 집도 없고,
당신의 침상을 빼앗은 코린토스의 공주가
당신의 집을 차지하고 있구려.   445

Χορός

σὺ δ᾽ ἐκ μὲν οἴκων πατρίων ἔπλευσας
μαινομένᾳ κραδίᾳ διδύμους ὁρίσασα Πόν-
του πέτρας: ἐπὶ δὲ ξένᾳ   435
ναίεις χθονί, τᾶς ἀνάν-
δρου κοίτας ὀλέσασα λέκτρον,
τάλαινα, φυγὰς δὲ χώ-
ρας ἄτιμος ἐλαύνῃ.

Χορός

βέβακε δ᾽ ὅρκων χάρις, οὐδ᾽ ἔτ᾽ αἰδὼς
Ἑλλάδι τᾷ μεγάλᾳ μένει, αἰθερία δ᾽ ἀνέ-   440
πτα. σοὶ δ᾽ οὔτε πατρὸς δόμοι,
δύστανε, μεθορμίσα-
σθαι μόχθων πάρα, σῶν τε λέκτρων
ἄλλα βασίλεια κρείσ-
σων δόμοισιν ἐπέστα.   445

(이아손이 등장한다.)

이아손:

이전부터 아는 바이지만,

격한 성품은 구제불능의 악이지.

윗사람이 시키는 대로 참고 순종했더라면

이 땅과 이 집에서 살 수 있었을 텐데,

쓸데없는 소리를 지껄이니 추방당하는 거요.   450

난 괜찮소, 당신이 원한다면 이아손은

악당 같은 놈이라고 계속 떠들어대시오.

그러나 왕가를 향한 당신의 말은,

추방 정도로 징계하니 다행인 줄 아시오.

나로서는 항시 왕의 분노를 달래려 애써 왔고,   455

당신이 여기서 살기를 원했소.

그런데, 당신은 어리석은 짓을 멈추지 않고,

왕가를 계속 비난해 왔지요.

그러니 쫓겨나는 거요.

하지만 나는 여전히 사랑하는 가족을 위해서,

어떤 도움을 줄까 하고 여기 온 것이오.   460

Ἰάσων

οὐ νῦν κατεῖδον πρῶτον ἀλλὰ πολλάκις
τραχεῖαν ὀργὴν ὡς ἀμήχανον κακόν.
σοὶ γὰρ παρὸν γῆν τήνδε καὶ δόμους ἔχειν
κούφως φερούσῃ κρεισσόνων βουλεύματα,
λόγων ματαίων οὕνεκ᾽ ἐκπεσῇ χθονός.   450
κἀμοὶ μὲν οὐδὲν πρᾶγμα: μὴ παύσῃ ποτὲ
λέγουσ᾽ Ἰάσον᾽ ὡς κάκιστός ἐστ᾽ ἀνήρ.
ἃ δ᾽ ἐς τυράννους ἐστί σοι λελεγμένα,
πᾶν κέρδος ἡγοῦ ζημιουμένη φυγῇ.
κἀγὼ μὲν αἰεὶ βασιλέων θυμουμένων   455
ὀργὰς ἀφῄρουν καί σ᾽ ἐβουλόμην μένειν:
σὺ δ᾽ οὐκ ἀνίεις μωρίας, λέγουσ᾽ ἀεὶ
κακῶς τυράννους: τοιγὰρ ἐκπεσῇ χθονός.
ὅμως δὲ κἀκ τῶνδ᾽ οὐκ ἀπειρηκὼς φίλοις
ἥκω, τὸ σὸν δὲ προσκοπούμενος, γύναι,   460

추방에는 고난이 따르기 마련이니,
당신이 무일푼으로, 궁핍한 상태로
추방되지 않도록 말이오.
당신이 나를 미워하더라도,
나는 결코 그럴 수 없지요.

메데이아:
천하의 악당, 비열한 당신에게 합당한 이름은 465
이것밖에 없군요.
신과 나와, 모든 사람에게 원수가 된 자가
여긴 왜 왔소?
사랑하는 이에게 더러운 짓을 해 놓고는
다시 그 얼굴을 내미는 건 무슨 용기인지,
무슨 **뻔뻔함**인지? 470
그건 인간이 범하는 최악의 파렴치라오.
하지만 잘 왔어요, 당신의 사악함을
속 시원히 떠들어야겠어요.
당신의 속을 아프도록 쑤셔놓게 말예요.

ὡς μήτ᾽ ἀχρήμων σὺν τέκνοισιν ἐκπέσῃς

μήτ᾽ ἐνδεής του: πόλλ᾽ ἐφέλκεται φυγὴ

κακὰ ξὺν αὑτῇ. καὶ γὰρ εἰ σύ με στυγεῖς,

οὐκ ἂν δυναίμην σοὶ κακῶς φρονεῖν ποτε.

Μήδεια

ὦ παγκάκιστε, τοῦτο γάρ σ᾽ εἰπεῖν ἔχω   465

γλώσσῃ μέγιστον εἰς ἀνανδρίαν κακόν,

ἦλθες πρὸς ἡμᾶς, ἦλθες ἔχθιστος γεγώς

[θεοῖς τε κἀμοὶ παντί τ᾽ ἀνθρώπων γένει];

οὔτοι θράσος τόδ᾽ ἐστὶν οὐδ᾽ εὐτολμία,

φίλους κακῶς δράσαντ᾽ ἐναντίον βλέπειν,   470

ἀλλ᾽ ἡ μεγίστη τῶν ἐν ἀνθρώποις νόσων

πασῶν, ἀναίδει᾽. εὖ δ᾽ ἐποίησας μολών:

ἐγώ τε γὰρ λέξασα κουφισθήσομαι

ψυχὴν κακῶς σὲ καὶ σὺ λυπήσῃ κλύων.

이야기를 처음부터 하지요.   475
난 당신의 생명을 구해 줬어요,
아르고 호를 타고 함께 온
모든 헬라인들이 그 증인이죠.
불을 내뿜는 황소에 멍에를 얹고,
죽음의 밭에 씨를 뿌리는 모험을 할 때 말이죠.
그리고 똬리를 틀고 잠도 자지 않고   480
황금모피를 지키는 용을 죽이고,
구원의 불꽃을 높이 올린 것도 바로 나였죠.
그 후, 분별력보다 사랑에 눈이 멀어,
내 스스로 아버지와 집을 버리고, 당신을 따라
펠리온 산 아래의 이올코스 땅으로 갔고,   485
그곳에서 펠리아스가 그 자신의 딸들의 손에
끔찍한 죽음을 당하도록 해서,
당신의 근심을 해결한 것도 나였죠.

그렇게 당신을 도왔건만, 악당 놈 같으니!
날 배신하고 새장가를 간다니, 애들까지 있는데,   490
자식이 없어 그랬다면 이해할 만도 하겠지만 말이오.

ἐκ τῶν δὲ πρώτων πρῶτον ἄρξομαι λέγειν: 475

ἔσωσά σ᾽, ὡς ἴσασιν Ἑλλήνων ὅσοι

ταὐτὸν συνεισέβησαν Ἀργῷον σκάφος,

πεμφθέντα ταύρων πυρπνόων ἐπιστάτην

ζεύγλαισι καὶ σπεροῦντα θανάσιμον γύην:

δράκοντά θ᾽, ὃς πάγχρυσον ἀμπέχων δέρος 480

σπείραις ἔσῳζε πολυπλόκοις ἄυπνος ὤν,

κτείνασ᾽ ἀνέσχον σοὶ φάος σωτήριον.

αὐτὴ δὲ πατέρα καὶ δόμους προδοῦσ᾽ ἐμοὺς

τὴν Πηλιῶτιν εἰς Ἰωλκὸν ἱκόμην

σὺν σοί, πρόθυμος μᾶλλον ἢ σοφωτέρα: 485

Πελίαν τ᾽ ἀπέκτειν᾽, ὥσπερ ἄλγιστον θανεῖν,

παίδων ὕπ᾽ αὐτοῦ, πάντα τ᾽ ἐξεῖλον δόμον.

καὶ ταῦθ᾽ ὑφ᾽ ἡμῶν, ὦ κάκιστ᾽ ἀνδρῶν, παθὼν

προύδωκας ἡμᾶς, καινὰ δ᾽ ἐκτήσω λέχη,

παίδων γεγώτων: εἰ γὰρ ἦσθ᾽ ἄπαις ἔτι, 490

συγγνώστ᾽ ἂν ἦν σοι τοῦδ᾽ ἐρασθῆναι λέχους.

혼인의 맹세를 저버리다니, 이해할 수 없는 일이오.
이전의 그 신들은 이제 힘을 잃었고,
새로운 법도가 인간세상을 다스린다고 생각하시오?
그렇지 않으면, 어떻게 그 맹세를 저버릴 수 있죠?   495
내 무릎과 내 오른손을 잡고 탄원하더니,
악한 자의 그 탄원은 허사요,
희망은 물거품이 되었구나.

자, 그래도 친구인양 몇 마디 나누겠소,
당신에게서 무슨 기대할만한 것이 있겠소만,   500
그래도 당신의 악행을 들춰내고자, 묻겠소.
내가 지금 어디로 가야 하죠?
당신을 위해 배반을 했던 아버지 집과 그 땅?
불쌍한 펠리아스의 딸들에게로?
그 아버지를 죽인 나를 그들 집으로 맞아줄까요?   505
이게 현실이오. 내 고향 친구들의 원수가 되고,
내가 해칠 필요도 없는 이들을 적으로 만들었죠,
바로 당신을 위해서.

ὅρκων δὲ φρούδη πίστις, οὐδ᾽ ἔχω μαθεῖν

εἰ θεοὺς νομίζεις τοὺς τότ᾽ οὐκ ἄρχειν ἔτι

ἢ καινὰ κεῖσθαι θέσμι᾽ ἀνθρώποις τὰ νῦν,

ἐπεὶ σύνοισθά γ᾽ εἰς ἔμ᾽ οὐκ εὔορκος ὤν.   495

φεῦ δεξιὰ χείρ, ἧς σὺ πόλλ᾽ ἐλαμβάνου

καὶ τῶνδε γονάτων, ὡς μάτην κεχρῴσμεθα

κακοῦ πρὸς ἀνδρός, ἐλπίδων δ᾽ ἡμάρτομεν.

ἄγ᾽, ὡς φίλῳ γὰρ ὄντι σοι κοινώσομαι

(δοκοῦσα μὲν τί πρός γε σοῦ πράξειν καλῶς;   500

ὅμως δ᾽, ἐρωτηθεὶς γὰρ αἰσχίων φανῇ):

νῦν ποῖ τράπωμαι; πότερα πρὸς πατρὸς δόμους,

οὓς σοὶ προδοῦσα καὶ πάτραν ἀφικόμην;

ἢ πρὸς ταλαίνας Πελιάδας; καλῶς γ᾽ ἂν οὖν

δέξαιντό μ᾽ οἴκοις ὧν πατέρα κατέκτανον.   505

ἔχει γὰρ οὕτω: τοῖς μὲν οἴκοθεν φίλοις

ἐχθρὰ καθέστηχ᾽, οὓς δέ μ᾽ οὐκ ἐχρῆν κακῶς

δρᾶν, σοὶ χάριν φέρουσα πολεμίους ἔχω.

(비아냥거리는 투로 계속 말한다.)

이런 대가로, 헬라스 여인들의 눈에,
내가 아주 행복해 보이도록 만들었지요.   510
그런데 비참한 신세로 내가 이 땅에서 추방을 당하고,
친구도 없이 버림받은 아이들과 함께 버려진다면,
당신은 나에게 훌륭하고 신실한 남편이 되겠지요.
당신을 구해 준 나와 당신 아이들이
거지꼴로 떠돌아다니면,
새신랑에게 영광스런 수치가 되겠네요.   515

오, 제우스 신이시여,
가짜 황금을 구별하는 표식은 주셨으나,
왜 악한 인간을 구별하는 표식은
인간 몸에 붙여주시지 않았나요?

코로스:
사랑하는 사이에 생기는 갈등은   520
끔찍하고 치유할 수 없는 분노가 되지요.

τοιγάρ με πολλαῖς μακαρίαν Ἑλληνίδων

ἔθηκας ἀντὶ τῶνδε· θαυμαστὸν δέ σε   510

ἔχω πόσιν καὶ πιστὸν ἡ τάλαιν᾽ ἐγώ,

εἰ φεύξομαί γε γαῖαν ἐκβεβλημένη,

φίλων ἔρημος, σὺν τέκνοις μόνη μόνοις·

καλόν γ᾽ ὄνειδος τῷ νεωστὶ νυμφίῳ,

πτωχοὺς ἀλᾶσθαι παῖδας ἥ τ᾽ ἔσωσά σε.   515

ὦ Ζεῦ, τί δὴ χρυσοῦ μὲν ὃς κίβδηλος ἦ

τεκμήρι᾽ ἀνθρώποισιν ὤπασας σαφῆ,

ἀνδρῶν δ᾽ ὅτῳ χρὴ τὸν κακὸν διειδέναι

οὐδεὶς χαρακτὴρ ἐμπέφυκε σώματι;

Χορός

δεινή τις ὀργὴ καὶ δυσίατος πέλει,   520

ὅταν φίλοι φίλοισι συμβάλωσ᾽ ἔριν.

이아손:

나도 말재주가 없는 편은 아니지만,

능숙한 키잡이처럼 배의 돛을 활짝

올리고는 당신의 사나운 혀의 폭풍에서

피해 달아나야겠소.   525

당신은 내게 베푼 호의를 크게 강조하는데,

내 생각은 다르오. 신과 인간을 통틀어

내 생명을 구해 준 이는 아프로디테 여신뿐이라오.

당신이 영리하다는 건 인정하겠소만,

에로스 신께서 당신에게 피할 수 없는

화살을 쏘아 나를 구해 주도록 만들었다고 한다면   530

당신은 듣기에 싫겠지요.

이점에 대해서는 따져 논하진 않겠소.

당신이 나를 도와준 건 어디까지나 잘한 것이오.

그러나 구해 준 대가로 당신이 한 것보다

얻은 것이 더 많음을 내가 입증해 보겠소.   535

Ἰάσων

δεῖ μ᾽, ὡς ἔοικε, μὴ κακὸν φῦναι λέγειν,

ἀλλ᾽ ὥστε ναὸς κεδνὸν οἰακοστρόφον

ἄκροισι λαίφους κρασπέδοις ὑπεκδραμεῖν

τὴν σὴν στόμαργον, ὦ γύναι, γλωσσαλγίαν.   525

ἐγὼ δ᾽, ἐπειδὴ καὶ λίαν πυργοῖς χάριν,

Κύπριν νομίζω τῆς ἐμῆς ναυκληρίας

σώτειραν εἶναι θεῶν τε κἀνθρώπων μόνην.

σοὶ δ᾽ ἔστι μὲν νοῦς λεπτός — ἀλλ᾽ ἐπίφθονος

λόγος διελθεῖν, ὡς Ἔρως σ᾽ ἠνάγκασεν   530

τόξοις ἀφύκτοις τοὐμὸν ἐκσῶσαι δέμας.

ἀλλ᾽ οὐκ ἀκριβῶς αὐτὸ θήσομαι λίαν·

ὅπῃ γὰρ οὖν ὤνησας οὐ κακῶς ἔχει.

μείζω γε μέντοι τῆς ἐμῆς σωτηρίας

εἴληφας ἢ δέδωκας, ὡς ἐγὼ φράσω.   535

먼저, 당신은 야만인들이 아니라 헬라인들 사이에
살고 있소. 그러니 정의를 이해하게 되었고,
야만적 폭력성을 멀리하며 법을 배우게 되었소.
그리고 당신이 영리하다는 것을 모든 헬라인들이
알게 되고, 그리하여 명성도 얻게 되었지요.   540
당신이 지금도 세상의 변두리에 살고 있다면,
아무도 당신에 대해 이야기하는 사람 없을 것이오.
황금을 잔뜩 가지고 살거나
오르페우스보다 더 고운 노래를 부르는 능력보다,
나로서는 높은 명성을 주는 삶을 택할 것이오.
내 공치사는 이만 하도록 하지요.   545
하지만 이 말다툼 먼저 시작한 건 당신이었소.

내가 왕가와 혼인하는 것을 당신이 비난하는데,
그것에 대해 말하겠소.
첫째, 그것이 지혜로운 판단이고, 둘째는 현명하고,
그 다음은, 당신과 내 자식들에게 사랑을 베푸는
방법이었음을 증명하겠소.   550

πρῶτον μὲν Ἑλλάδ᾽ ἀντὶ βαρβάρου χθονὸς
γαῖαν κατοικεῖς καὶ δίκην ἐπίστασαι
νόμοις τε χρῆσθαι μὴ πρὸς ἰσχύος χάριν:
πάντες δέ σ᾽ ἤσθοντ᾽ οὖσαν Ἕλληνες σοφὴν
καὶ δόξαν ἔσχες: εἰ δὲ γῆς ἐπ᾽ ἐσχάτοις   540
ὅροισιν ᾤκεις, οὐκ ἂν ἦν λόγος σέθεν.
εἴη δ᾽ ἔμοιγε μήτε χρυσὸς ἐν δόμοις
μήτ᾽ Ὀρφέως κάλλιον ὑμνῆσαι μέλος,
εἰ μὴ 'πίσημος ἡ τύχη γένοιτό μοι.
τοσαῦτα μέν σοι τῶν ἐμῶν πόνων πέρι   545
ἔλεξ᾽: ἅμιλλαν γὰρ σὺ προύθηκας λόγων.
ἃ δ᾽ ἐς γάμους μοι βασιλικοὺς ὠνείδισας,
ἐν τῷδε δείξω πρῶτα μὲν σοφὸς γεγώς,
ἔπειτα σώφρων, εἶτα σοὶ μέγας φίλος
καὶ παισὶ τοῖς ἐμοῖσιν — ἀλλ᾽ ἔχ᾽ ἥσυχος.   550

(메데이아가 못 들어주겠다는 몸짓을 보인다.)

좀 가만 들어보시오!
처음 이올코스 땅에서 이곳으로 도주해 왔을 때,
정말 감당키 어려운 불행에 처해 있었는데,
왕의 딸이 추방자인 나에게 결혼을 해 준다니,
이보다 더 큰 행운이 어디 있겠소?
당신이 분개하듯이,   555
내가 결혼생활에 싫증이 났다거나,
새장가를 들려 안달한 것도 아니고,
자식을 많이 낳고자 경쟁하는 것도 아니었소.
자식은 이미 충분하고 불만할 것이 없었고요.
내 목적은, 이 점이 가장 중요한데,
궁핍하지 않게 잘 사는 것이었소.   560
가난하면 친구도 외면하는 법이지요.

ἐπεὶ μετέστην δεῦρ᾽ Ἰωλκίας χθονὸς

πολλὰς ἐφέλκων συμφορὰς ἀμηχάνους,

τί τοῦδ᾽ ἂν εὕρημ᾽ ηὗρον εὐτυχέστερον

ἢ παῖδα γῆμαι βασιλέως φυγὰς γεγώς;

οὐχ, ᾗ σὺ κνίζῃ, σὸν μὲν ἐχθαίρων λέχος   555

καινῆς δὲ νύμφης ἱμέρῳ πεπληγμένος

οὐδ᾽ εἰς ἅμιλλαν πολύτεκνον σπουδὴν ἔχων·

ἅλις γὰρ οἱ γεγῶτες οὐδὲ μέμφομαι·

ἀλλ᾽ ὡς, τὸ μὲν μέγιστον, οἰκοῖμεν καλῶς

καὶ μὴ σπανιζοίμεσθα, γιγνώσκων ὅτι   560

πένητα φεύγει πᾶς τις ἐκποδὼν φίλον,

나는 자식들을 내 가문에 어울리는 방식으로
잘 키워보고 싶었고, 당신에게서 태어난 자식들에게
형제들을 붙여주고, 그들이 모두 같은 지위를 누리고,
한 가족으로 뭉쳐서 번성하기를 바랐던 것이오.   565
당신으로서는 아이가 더 필요치 않겠지만,
태어날 아이들이 이미 태어난 아이들에게
도움을 줄 것이오. 이게 잘못된 생각이오?
결혼 침상 때문에 언짢아하지 않는다면,
당신도 분명 동의할 것이오.

그런데, 여자들은 침상에서 좋으면
만사가 좋다고 생각하고,   570
거기에 문제가 있으면
최상의, 최고의 이득도 증오한다오.
인간이 다른 방법으로 자식을 얻고,
여자 따위는 없어져 버리면 좋겠소.
그러면 인간에게는 고통이 없을 텐데 말이오.   575

παῖδας δὲ θρέψαιμ᾽ ἀξίως δόμων ἐμῶν
σπείρας τ᾽ ἀδελφοὺς τοῖσιν ἐκ σέθεν τέκνοις
ἐς ταὐτὸ θείην, καὶ ξυναρτήσας γένος
εὐδαιμονοίην. σοί τε γὰρ παίδων τί δεῖ;   565
ἐμοί τε λύει τοῖσι μέλλουσιν τέκνοις
τὰ ζῶντ᾽ ὀνῆσαι. μῶν βεβούλευμαι κακῶς;
οὐδ᾽ ἂν σὺ φαίης, εἴ σε μὴ κνίζοι λέχος.
ἀλλ᾽ ἐς τοσοῦτον ἥκεθ᾽ ὥστ᾽ ὀρθουμένης
εὐνῆς γυναῖκες πάντ᾽ ἔχειν νομίζετε,   570
ἢν δ᾽ αὖ γένηται ξυμφορά τις ἐς λέχος,
τὰ λῷστα καὶ κάλλιστα πολεμιώτατα
τίθεσθε. χρῆν τἄρ᾽ ἄλλοθέν ποθεν βροτοὺς
παῖδας τεκνοῦσθαι, θῆλυ δ᾽ οὐκ εἶναι γένος·
χοὔτως ἂν οὐκ ἦν οὐδὲν ἀνθρώποις κακόν.   575

코로스:

이아손 님, 아주 훌륭하게 변론을 펼쳤군요.

하지만 제 생각에는, 경솔해 보일지 모르겠지만,

아내를 버리는 행위는 옳지 않다고 봅니다.

메데이아:

나는 여러 면에서 대다수의 사람들과 견해가 달라요.

내 생각에, 악당인 주제에 말만 그럴싸하게   580

해대는 자는 가장 큰 벌을 받아야 마땅하지요.

그의 말재주로 교묘하게 불의를 덮을 수 있다며,

자신만만하게 악한 짓을 계속해 대지만,

그리 현명한 짓은 못 되지요.

그러니 당신도 그럴싸한 변론과 언변을 자랑하지 마세요.

나의 한마디면 당신은 무너질 테니까요.   585

당신이 진정으로 악당이 아니라면,

이 결혼을 가족들에게 비밀로 할 것이 아니라,

사전에 내 동의를 얻었어야 하지요.

Χορός

Ἰᾶσον, εὖ μὲν τούσδ' ἐκόσμησας λόγους·

ὅμως δ' ἔμοιγε, κεἰ παρὰ γνώμην ἐρῶ,

δοκεῖς προδοὺς σὴν ἄλοχον οὐ δίκαια δρᾶν.

Μήδεια

ἦ πολλὰ πολλοῖς εἰμι διάφορος βροτῶν·

ἐμοὶ γὰρ ὅστις ἄδικος ὢν σοφὸς λέγειν   580

πέφυκε, πλείστην ζημίαν ὀφλισκάνει·

γλώσσῃ γὰρ αὐχῶν τἄδικ' εὖ περιστελεῖν

τολμᾷ πανουργεῖν· ἔστι δ' οὐκ ἄγαν σοφός.

ὡς καὶ σύ· μή νυν εἰς ἔμ' εὐσχήμων γένῃ

λέγειν τε δεινός. ἓν γὰρ ἐκτενεῖ σ' ἔπος·   585

χρῆν σ', εἴπερ ἦσθα μὴ κακός, πείσαντά με

γαμεῖν γάμον τόνδ', ἀλλὰ μὴ σιγῇ φίλων.

이아손:

내가 결혼에 대해 말했더라면,

당신이 그 계획을 도와주었을까?

지금도 분을 억제하지 못하고 있는 지경인데.　　　　590

메데이아:

그 때문이 아니라, 노후에 이방 야만족 부인이

당신 체면에 먹칠을 할 것이라 생각했기 때문이죠.

이아손:

확실히 말해 두건대, 내가 지금 왕가의 신부와

결혼하는 건 여자를 원해서가 아니란 말이오.

앞서 말한 것처럼, 당신을 구하고, 내 아이들에게　　　　595

왕족의 형제를 붙여주고,

가문을 지키는 성채가 되도록 함이었소.

메데이아:

고통을 주는 행복을 나는 원치 않아요,

마음을 힘들게 하는 부귀를 원치 않아요.

Ἰάσων

καλῶς γ᾽ ἄν, οἶμαι, τῷδ᾽ ὑπηρέτεις λόγῳ,
εἴ σοι γάμον κατεῖπον, ἥτις οὐδὲ νῦν
τολμᾷς μεθεῖναι καρδίας μέγαν χόλον.   590

Μήδεια

οὐ τοῦτό σ᾽ εἶχεν, ἀλλὰ βάρβαρον λέχος
πρὸς γῆρας οὐκ εὔδοξον ἐξέβαινέ σοι.

Ἰάσων

εὖ νυν τόδ᾽ ἴσθι, μὴ γυναικὸς οὕνεκα
γῆμαί με λέκτρα βασιλέων ἃ νῦν ἔχω,
ἀλλ᾽, ὥσπερ εἶπον καὶ πάρος, σῶσαι θέλων   595
σέ, καὶ τέκνοισι τοῖς ἐμοῖς ὁμοσπόρους
φῦσαι τυράννους παῖδας, ἔρυμα δώμασιν.

Μήδεια

μή μοι γένοιτο λυπρὸς εὐδαίμων βίος
μηδ᾽ ὄλβος ὅστις τὴν ἐμὴν κνίζοι φρένα.

이아손:

생각을 바꾸고 좀 더 현명하게 처신해야 하지 않겠소?　　600

왜 당신에게 좋은 것이 고통스러우며,

왜 행운을 불행이라 여긴단 말이오.

메데이아:

계속 날 모욕하시오!

당신은 피난처가 있지만,

도와줄 친구도 없이 추방당하는 내 신세.

이아손:

당신 스스로 택한 길이니,

다른 사람 원망 마시오.　　605

메데이아:

어째서요? 내가 딴 남자와 결혼을 하고,

당신을 배신했나요?

Ἰάσων

οἶσθ᾽ ὡς μετεύξῃ καὶ σοφωτέρα φανῇ;

600

τὰ χρηστὰ μή σοι λυπρὰ φαίνεσθαί ποτε,

μηδ᾽ εὐτυχοῦσα δυστυχὴς εἶναι δοκεῖν.

Μήδεια

ὕβριζ᾽, ἐπειδὴ σοὶ μὲν ἔστ᾽ ἀποστροφή,

ἐγὼ δ᾽ ἔρημος τήνδε φευξοῦμαι χθόνα.

Ἰάσων

αὐτὴ τάδ᾽ εἵλου: μηδέν᾽ ἄλλον αἰτιῶ.

605

Μήδεια

τί δρῶσα; μῶν γαμοῦσα καὶ προδοῦσά σε;

이아손:

이 나라 왕가에 험악한 저주를 퍼붓지 않았소?

메데이아:

그랬죠, 이제는 당신 집도 저주할 거요.

이아손:

이제 더 이상 이 문제로 언쟁하기 싫소.

추방당하는 당신과 아이들에게 도움이 될   610

돈이 필요하다면 말하시오, 기꺼이 주리라.

또한 도움을 주도록 친구들에게

환대의 징표도 보낼 용의가 있소.

여인이여, 이 제안을 마다한다면

당신은 정녕 어리석은 사람이오.   615

분을 삭이시오, 그것이 이득이라오.

Ἰάσων

ἀρὰς τυράννοις ἀνοσίους ἀρωμένη.

Μήδεια

καὶ σοῖς ἀραία γ᾿ οὖσα τυγχάνω δόμοις.

Ἰάσων

ὡς οὐ κρινοῦμαι τῶνδέ σοι τὰ πλείονα.

ἀλλ᾿, εἴ τι βούλῃ παισὶν ἢ σαυτῇ φυγῆς   610

προσωφέλημα χρημάτων ἐμῶν λαβεῖν,

λέγ᾿· ὡς ἕτοιμος ἀφθόνῳ δοῦναι χερὶ

ξένοις τε πέμπειν σύμβολ᾿, οἳ δράσουσί σ᾿ εὖ.

καὶ ταῦτα μὴ θέλουσα μωρανεῖς, γύναι·

λήξασα δ᾿ ὀργῆς κερδανεῖς ἀμείνονα.   615

메데이아:

당신 친구들의 도움도 받고 싶지 않고,

당신으로부터 아무것도 받고 싶지 않아요.

악당의 선물은 결코 이득이 못 되지요.

이아손:

여하튼, 나는 당신과 아이들을 힘껏 돕고자

하니 신들께서 내 증인이 되어 줄 것이오.   620

하지만 당신은 좋은 대접을 마다하고,

고집스럽게 친구들을 내치고 있소.

이것은 당신의 고통을 더 크게 만들 뿐이오.

(이아손 퇴장한다.)

메데이아:

가세요, 분명 이렇게 집 밖에 나와 있는 동안에도

새 신부가 그리워 못 견디겠나 보군요.

결혼하시라고요! 내 예언하건대,   625

그 결혼은 당신을 눈물로 후회하게 할 거예요.

Μήδεια

οὔτ᾽ ἂν ξένοισι τοῖσι σοῖς χρησαίμεθ᾽ ἂν
οὔτ᾽ ἄν τι δεξαίμεσθα, μηδ᾽ ἡμῖν δίδου·
κακοῦ γὰρ ἀνδρὸς δῶρ᾽ ὄνησιν οὐκ ἔχει.

Ἰάσων

ἀλλ᾽ οὖν ἐγὼ μὲν δαίμονας μαρτύρομαι
ὡς πάνθ᾽ ὑπουργεῖν σοί τε καὶ τέκνοις θέλω·   620
σοὶ δ᾽ οὐκ ἀρέσκει τἀγάθ᾽, ἀλλ᾽ αὐθαδίᾳ
φίλους ἀπωθῇ· τοιγὰρ ἀλγυνῇ πλέον.

Μήδεια

χώρει· πόθῳ γὰρ τῆς νεοδμήτου κόρης
αἱρῇ χρονίζων δωμάτων ἐξώπιος.
νύμφευ᾽· ἴσως γὰρ — σὺν θεῷ δ᾽ εἰρήσεται —   625
γαμεῖς τοιοῦτον ὥστε θρηνεῖσθαι γάμον.

코로스:

사랑이 너무 지나치게 다가오면

인간에게 아무런 유익도

아무런 명예도 되지 못하는 법.

아프로디테 여신이 절제 있게 다가오면   630

어떤 다른 여신이 줄 수 없는

행복을 맛보게 되지요.

오, 여신이시여, 당신의 피할 수 없는

화살을 욕망에 담가서, 당신의 황금 활에서

내 심장을 겨누어 쏘지 마소서!   635

신들이 주신 가장 아름다운 선물인

절제가 나와 함께 하소서!

아프로디테 여신이시여,

남의 잠자리를 욕망하며 안달하여,

불화하는 격분과 삭일 수 없는 다툼을

초래하지 않게 하소서!   640

Χορός

ἔρωτες ὑπὲρ μὲν ἄγαν ἐλθόντες οὐκ εὐδοξίαν

οὐδ᾽ ἀρετὰν παρέδωκαν ἀνδράσιν: εἰ δ᾽ ἅλις ἔλθοι   630

Κύπρις, οὐκ ἄλλα θεὸς εὔχαρις οὕτως.

μήποτ᾽, ὦ δέσποιν᾽, ἐπ᾽ ἐμοὶ χρυσέων

τόξων ἀφείης ἱμέρῳ

χρίσασ᾽ ἄφυκτον οἰστόν.   635

Χορός

στέργοι δέ με σωφροσύνα, δώρημα κάλλιστον θεῶν:

μηδέ ποτ᾽ ἀμφιλόγους ὀργὰς ἀκόρεστά τε νείκη

θυμὸν ἐκπλήξασ᾽ ἑτέροις ἐπὶ λέκτροις   640

화평한 결혼생활을
축복하시고,
현명한 결혼을
인도하소서!

오, 조국이여, 고향 집이여,   645
결코 추방당하는 일이 없게 하시고,
의지할 데 없는 신세가 되어,
끔찍하고 고통스런
불운한 삶을 살지 않게 하소서!
그렇게 되기 전에, 생명이 다하여   650
차라리 저세상으로 가는 게 나은 법.
자신의 고향 땅을 잃는 것보다
더 큰 불행은 없어요.

다른 사람을 통해서가 아니고,
그것을 우리 스스로가 지금 목격하고 있어요.   655

προσβάλοι δεινὰ Κύπρις, ἀπτολέμους δ᾿
εὐνὰς σεβίζουσ᾿ ὀξύφρων
κρίνοι λέχη γυναικῶν.

Χορός

ὦ πατρίς, ὦ δώματα, μὴ   645
δῆτ᾿ ἄπολις γενοίμαν
τὸν ἀμηχανίας ἔχουσα
δυσπέρατον αἰῶ,
οἰκτρότατόν <γ᾿> ἀχέων.
θανάτῳ θανάτῳ πάρος δαμείην   650
ἁμέραν τάνδ᾿ ἐξανύσασα: μό-
χθων δ᾿ οὐκ ἄλλος ὕπερθεν ἢ
γᾶς πατρίας στέρεσθαι.

Χορός

εἴδομεν, οὐκ ἐξ ἑτέρων
μῦθον ἔχω φράσασθαι: 655

어떤 도시, 어떤 친구가

가장 아픈 고통을 당하는

당신을 동정해 주겠소?

진실한 마음을 열어

친구를 존중하지 않는 자는 파멸하소서!　　　　　　660

그런 자는 결코 내 친구가 되지 않기를!

(아테나이의 왕 아이게우스가 여행차림으로 등장한다.)

아이게우스:

메데이아 님, 평강을 축복합니다.

친구에게 이보다 더 좋은 인사말이 또 있겠소.

메데이아:

아이게우스 왕께서도 평강하시기를 축복합니다.

지혜로운 판디온의 아들이시여,　　　　　　　　　　665

어디를 다녀오시는 길에 여길 들르셨는지요?

σὲ γὰρ οὐ πόλις, οὐ φίλων τις

οἰκτιρεῖ παθοῦσαν

δεινότατον παθέων.

ἀχάριστος ὄλοιθ᾽ ὅτῳ πάρεστιν

μὴ φίλους τιμᾶν καθαρᾶν ἀνοί-   660

ξαντα κλῇδα φρενῶν: ἐμοὶ

μὲν φίλος οὔποτ᾽ ἔσται.

Αἰγεύς

Μήδεια, χαῖρε: τοῦδε γὰρ προοίμιον

κάλλιον οὐδεὶς οἶδε προσφωνεῖν φίλους.

Μήδεια

ὦ χαῖρε καὶ σύ, παῖ σοφοῦ Πανδίονος,   665

Αἰγεῦ. πόθεν γῆς τῆσδ᾽ ἐπιστρωφᾷ πέδον;

아이게우스:

저 유서 깊은 아폴론 신탁에 다녀오는 길이지요.

메데이아:

어떤 일로 세상의 배꼽인

델포이의 아폴론 신탁에 가셨는지요?

아이게우스:

어떻게 해야 자식을 얻을까 해서요.

메데이아:

그토록 긴 세월 자식이 없으셨나요?　　　　　　　　670

아이게우스:

그렇소, 신의 뜻인가 봅니다.

메데이아:

부인이 있으신가요? 아니면 미혼이신가요?

Αἰγεύς

Φοίβου παλαιὸν ἐκλιπὼν χρηστήριον.

Μήδεια

τί δ᾽ ὀμφαλὸν γῆς θεσπιῳδὸν ἐστάλης;

Αἰγεύς

παίδων ἐρευνῶν σπέρμ᾽ ὅπως γένοιτό μοι.

Μήδεια

πρὸς θεῶν, ἄπαις γὰρ δεῦρ᾽ ἀεὶ τείνεις βίον;   670

Αἰγεύς

ἄπαιδές ἐσμεν δαίμονός τινος τύχῃ.

Μήδεια

δάμαρτος οὔσης ἢ λέχους ἄπειρος ὤν;

아이게우스:

함께 하는 부인이 있지요.

메데이아:

그럼 아폴론 신께서 자식에 관하여

무슨 신탁을 주시던가요?

아이게우스:

인간이 이해하기 너무 어려운

지혜의 말씀이었소.   675

메데이아:

제가 그 신탁을 좀 들어도 될까요?

아이게우스:

물론이오. 지혜를 구해야 하니.

메데이아:

무슨 신탁인지, 괜찮다면 말해 주세요.

Αἰγεύς

οὐκ ἐσμὲν εὐνῆς ἄζυγες γαμηλίου.

Μήδεια

τί δῆτα Φοῖβος εἶπέ σοι παίδων πέρι;

Αἰγεύς

σοφώτερ᾽ ἢ κατ᾽ ἄνδρα συμβαλεῖν ἔπη.   675

Μήδεια

θέμις μὲν ἡμᾶς χρησμὸν εἰδέναι θεοῦ;

Αἰγεύς

μάλιστ᾽, ἐπεί τοι καὶ σοφῆς δεῖται φρενός.

Μήδεια

τί δῆτ᾽ ἔχρησε; λέξον, εἰ θέμις κλύειν.

아이게우스:

와인 가죽부대의 돌출한 발을 풀지 말라.

메데이아:

무엇을 하시기 전에는? 혹은
어떤 나라에 도착하기 전에는?   680

아이게우스:

…내가 다시 고향 집으로 돌아가기 전에는.

메데이아:

그런데 무슨 용무로 이곳까지
배를 타고 오셨는지요?

아이게우스:

트로이젠 땅의 왕인 피테우스라는 분이 계시죠.

Αἰγεύς

ἀσκοῦ με τὸν προύχοντα μὴ λῦσαι πόδα...

Μήδεια

πρὶν ἂν τί δράσῃς ἢ τίν᾽ ἐξίκῃ χθόνα;   680

Αἰγεύς

πρὶν ἂν πατρῷαν αὖθις ἑστίαν μόλω.

Μήδεια

σὺ δ᾽ ὡς τί χρῄζων τήνδε ναυστολεῖς χθόνα;

Αἰγεύς

Πιτθεύς τις ἔστι, γῆς ἄναξ Τροζηνίας.

메데이아:

펠롭스의 아들로,

아주 경건한 사람이라고 하지요.

아이게우스:

신탁을 그분과 상의해 볼까 해서요.   685

메데이아:

그분은 지혜롭고 그런 경험이 많지요.

아이게우스:

또한, 가장 가까운 전우이기도 하지요.

메데이아:

행운을 빌겠습니다,

목적하신 바를 부디 성취하십시오.

Μήδεια

παῖς, ὡς λέγουσι, Πέλοπος, εὐσεβέστατος.

Αἰγεύς

τούτῳ θεοῦ μάντευμα κοινῶσαι θέλω.   685

Μήδεια

σοφὸς γὰρ ἀνὴρ καὶ τρίβων τὰ τοιάδε.

Αἰγεύς

κἀμοί γε πάντων φίλτατος δορυξένων.

Μήδεια

ἀλλ' εὐτυχοίης καὶ τύχοις ὅσων ἐρᾷς.

(아이게우스가 메데이아의 표정을 살펴본다.)

아이게우스:
그런데 눈빛과 안색이 왜 그리 초췌하오?

메데이아:
아이게우스 왕이시여,
제 남편은 천하에 몹쓸 자입니다.   690

아이게우스:
무슨 말씀을 하시는지?
불행한 일을 명확히 얘기해 보세요.

메데이아:
이아손이 제게 부당한 짓을 했답니다.
저는 아무 잘못도 저지르지 않았는데.

아이게우스:
무슨 짓이오? 자세히 말해 보시오.

Αἰγεύς

τί γὰρ σὸν ὄμμα χρώς τε συντέτηχ᾽ ὅδε;

Μήδεια

Αἰγεῦ, κάκιστός ἐστί μοι πάντων πόσις.   690

Αἰγεύς

τί φῄς; σαφῶς μοι σὰς φράσον δυσθυμίας.

Μήδεια

ἀδικεῖ μ᾽ Ἰάσων οὐδὲν ἐξ ἐμοῦ παθών.

Αἰγεύς

τί χρῆμα δράσας; φράζε μοι σαφέστερον.

메데이아:

나를 두고 새 여자를 안주인으로 들였어요.

아이게우스:

그가 그런 수치스런 짓을 하다니요?　　　　　　　　　695

메데이아:

정말 그랬어요. 한때는 날 사랑했지만,

지금은 내팽개쳤어요.

아이게우스:

사랑에 빠진 것이오,

아니면 결혼생활이 지겨워졌나요?

메데이아:

사랑에 미친 것이죠,

가족을 배반하다니 말예요.

Μήδεια

γυναῖκ᾽ ἐφ᾽ ἡμῖν δεσπότιν δόμων ἔχει.

Αἰγεύς

οὔ που τετόλμηκ᾽ ἔργον αἴσχιστον τόδε;   695

Μήδεια

σάφ᾽ ἴσθ᾽: ἄτιμοι δ᾽ ἐσμὲν οἱ πρὸ τοῦ φίλοι.

Αἰγεύς

πότερον ἐρασθεὶς ἢ σὸν ἐχθαίρων λέχος;

Μήδεια

μέγαν γ᾽ ἔρωτα: πιστὸς οὐκ ἔφυ φίλοις.

아이게우스:

당신이 말하듯이,

그런 악당이라면 내버려 두세요.

메데이아:

왕가와 혼인을 맺으려 해요. 700

아이게우스:

누가 그에게 딸을 준다고요?

어서 나머지 말을 해 보세요.

메데이아:

이 코린토스 땅의 통치자인 크레온이죠.

아이게우스:

이제 그대의 괴로움을 알 것 같군요.

Αἰγεύς

ἴτω νυν, εἴπερ, ὡς λέγεις, ἐστὶν κακός.

Μήδεια

ἀνδρῶν τυράννων κῆδος ἠράσθη λαβεῖν.   700

Αἰγεύς

δίδωσι δ᾽ αὐτῷ τίς; πέραινέ μοι λόγον.

Μήδεια

Κρέων, ὃς ἄρχει τῆσδε γῆς Κορινθίας.

Αἰγεύς

συγγνωστὰ μέντἄρ᾽ ἦν σε λυπεῖσθαι, γύναι.

메데이아:

나는 망했어요.

더욱이 추방까지 당하게 됐어요.

아이게우스:

누가 그런단 말이오?

이건 또 다른 불행한 이야기구려.   705

메데이아:

코린토스 땅에서 추방하는 이는

크레온 왕이지요.

아이게우스:

이아손이 동의하던가요?

난 동의할 수 없구려.

Μήδεια

ὄλωλα· καὶ πρός γ᾽ ἐξελαύνομαι χθονός.

Αἰγεύς

πρὸς τοῦ; τόδ᾽ ἄλλο καινὸν αὖ λέγεις κακόν.   705

Μήδεια

Κρέων μ᾽ ἐλαύνει φυγάδα γῆς Κορινθίας.

Αἰγεύς

ἐᾷ δ᾽ Ἰάσων; οὐδὲ ταῦτ᾽ ἐπῄνεσα.

메데이아:

아닌 척 하지만,

그는 기꺼이 그걸 받아들인답니다.

(메데이아가 아이게우스 앞에 엎드려 간청한다.)

왕이시여 그대의 수염에 걸고,

무릎을 잡고 탄원합니다.   710

이 불행한 여인을 불쌍히 여겨주소서.

의지할 친구도 없이 추방되어

쫓겨나지 않게 해 주세요.

왕의 나라와 집으로 저를 받아주세요.

그렇게 하신다면, 신들께서

그대의 소망인 자식을 갖게 해 주실 것이며,

만수무강하실 것입니다.   715

지금은 모르시겠지만, 왕께서 저로 인해

큰 행운을 얻게 될 것입니다.

제가 약을 처방해 드릴 테니,

왕께서 자식을 얻게 될 것입니다.

Μήδεια

λόγῳ μὲν οὐχί, καρτερεῖν δὲ βούλεται.

ἀλλ᾽ ἄντομαί σε τῆσδε πρὸς γενειάδος

γονάτων τε τῶν σῶν ἱκεσία τε γίγνομαι,   710

οἴκτιρον οἴκτιρόν με τὴν δυσδαίμονα

καὶ μή μ᾽ ἔρημον ἐκπεσοῦσαν εἰσίδῃς,

δέξαι δὲ χώρᾳ καὶ δόμοις ἐφέστιον.

οὕτως ἔρως σοὶ πρὸς θεῶν τελεσφόρος

γένοιτο παίδων καὐτὸς ὄλβιος θάνοις.   715

εὕρημα δ᾽ οὐκ οἶσθ᾽ οἷον ηὕρηκας τόδε:

παύσω γέ σ᾽ ὄντ᾽ ἄπαιδα καὶ παίδων γονὰς

σπεῖραί σε θήσω: τοιάδ᾽ οἶδα φάρμακα.

아이게우스:

부인, 여러 가지 이유로 호의를 베풀고 싶구려,   720

첫째는 신들을 위해서,

다음은, 절망 속에 있던 내게,

그대가 약속한 그 자식을 위해서요.

그런데, 내 입장은 이러하오,

그대가 내 나라에 오면, 정당하게

당신의 보호자가 될 것이오.

하지만 미리 말씀드릴 점은,   725

내가 이 나라에서 그대를 데려가지는 않을 것이오.

스스로 내 집에 찾아오신다면

거기서 안전하게 지내게 될 것이고,

어떤 누구에게도 넘겨주지 않겠소.

이 땅을 스스로 떠나도록 하세요.

나를 손님으로 맞아주는 이곳의

친구들에게 비난받고 싶지는 않구려.   730

Αἰγεύς

πολλῶν ἕκατι τήνδε σοι δοῦναι χάριν,

γύναι, πρόθυμός εἰμι, πρῶτα μὲν θεῶν,   720

ἔπειτα παίδων ὧν ἐπαγγέλλῃ γονάς:

ἐς τοῦτο γὰρ δὴ φροῦδός εἰμι πᾶς ἐγώ.

οὕτω δ᾽ ἔχει μοι: σοῦ μὲν ἐλθούσης χθόνα,

πειράσομαί σου προξενεῖν δίκαιος ὤν.

τοσόνδε μέντοι σοι προσημαίνω, γύναι: 725

ἐκ τῆσδε μὲν γῆς οὔ σ᾽ ἄγειν βουλήσομαι,

αὐτὴ δ᾽ ἐάνπερ εἰς ἐμοὺς ἔλθῃς δόμους,

μενεῖς ἄσυλος κοὔ σε μὴ μεθῶ τινι.

ἐκ τῆσδε δ᾽ αὐτὴ γῆς ἀπαλλάσσου πόδα:

ἀναίτιος γὰρ καὶ ξένοις εἶναι θέλω.   730

메데이아:

옳으신 말씀이십니다.

하지만 맹세를 걸고 약속을 해 주신다면,

더 이상 바랄 것이 없겠습니다.

아이게우스:

날 못 믿겠단 말이오? 뭐가 문제죠?

메데이아:

믿습니다. 하지만 펠리아스 집안은

나를 대적하고, 크레온 왕도 역시 그러하지요.   735

만약 맹세로 묶인다면, 그들이 나를 끌어가려

올 때, 넘겨주지 않을 테니 말이죠.

그냥 말로만 약속하시고 신들 앞에

맹세를 하지 않는다면, 그들의 친구가 되어

외교적 요청을 따르게 될 테니까요.

저는 약한 반면, 저들은 부유하고

왕권도 가진 자들이니 말이죠.   740

Μήδεια

ἔσται τάδ᾽: ἀλλὰ πίστις εἰ γένοιτό μοι
τούτων, ἔχοιμ᾽ ἂν πάντα πρὸς σέθεν καλῶς.

Αἰγεύς

μῶν οὐ πέποιθας; ἢ τί σοι τὸ δυσχερές;

Μήδεια

πέποιθα: Πελίου δ᾽ ἐχθρός ἐστί μοι δόμος
Κρέων τε. τούτοις δ᾽ ὁρκίοισι μὲν ζυγεὶς   735
ἄγουσιν οὐ μεθεῖ᾽ ἂν ἐκ γαίας ἐμέ:
λόγοις δὲ συμβὰς καὶ θεῶν ἀνώμοτος
φίλος γένοι᾽ ἂν κἀπικηρυκεύμασιν
τάχ᾽ ἂν πίθοιο: τἀμὰ μὲν γὰρ ἀσθενῆ,
τοῖς δ᾽ ὄλβος ἐστὶ καὶ δόμος τυραννικός.   740

아이게우스:

듣고 보니 사려 깊은 말이구려.

그러시다면 거절하지 않겠소.

그대의 적들에게 핑계를 댈 수 있으니,

나로서도 더 안전한 방법이고,

그대에게도 더 안심할 방법이구려.

맹세할 신들의 이름을 말하시오.   745

메데이아:

대지의 여신 가이아, 내 할아버지이신 헬리오스,

그 밖의 모든 신들 앞에 하세요.

아이게우스:

무얼 해 주고, 무얼 하지 말라고? 말해 보시오.

메데이아:

왕의 땅 아테나이에서 결코 내쫓지 않고,

나의 적들이 아무리 나를 데려가려 해도   750

왕의 생전에 저를 넘겨주지 않겠다고.

Αἰγεύς

πολλὴν ἔδειξας ἐν λόγοις προμηθίαν:

ἀλλ᾽, εἰ δοκεῖ σοι, δρᾶν τάδ᾽ οὐκ ἀφίσταμαι.

ἐμοί τε γὰρ τάδ᾽ ἐστὶν ἀσφαλέστερα,

σκῆψίν τιν᾽ ἐχθροῖς σοῖς ἔχοντα δεικνύναι,

τὸ σόν τ᾽ ἄραρε μᾶλλον: ἐξηγοῦ θεούς.   745

Μήδεια

ὄμνυ πέδον Γῆς πατέρα θ᾽ Ἥλιον πατρὸς

τοὐμοῦ θεῶν τε συντιθεὶς ἅπαν γένος.

Αἰγεύς

τί χρῆμα δράσειν ἢ τί μὴ δράσειν; λέγε.

Μήδεια

μήτ᾽ αὐτὸς ἐκ γῆς σῆς ἔμ᾽ ἐκβαλεῖν ποτε,

μήτ᾽, ἄλλος ἤν τις τῶν ἐμῶν ἐχθρῶν ἄγειν   750

χρῄζῃ, μεθήσειν ζῶν ἑκουσίῳ τρόπῳ.

아이게우스:

대지의 여신 가이아, 찬란한 빛의 헬리오스,
모든 신들의 이름으로, 그대가 말한 바를
지키겠소.

메데이아:

좋았어요. 맹세를 지키지 않으시면,
어떤 벌을 받으시겠습니까?

아이게우스:

불경한 죄로 벌을 받겠습니다.   755

메데이아:

평안히 가십시오. 잘 되었습니다.
저도 계획하고 원하는 바를 성취하면
즉시 왕의 나라 아테나이로 가겠습니다.

(아이게우스 퇴장한다.)

Αἰγεύς

ὄμνυμι Γαῖαν Ἡλίου θ᾽ ἁγνὸν σέλας

θεούς τε πάντας ἐμμενεῖν ἅ σου κλύω.

Μήδεια

ἀρκεῖ· τί δ᾽ ὅρκῳ τῷδε μὴ 'μμένων πάθοις;

Αἰγεύς

ἃ τοῖσι δυσσεβοῦσι γίγνεται βροτῶν.   755

Μήδεια

χαίρων πορεύου· πάντα γὰρ καλῶς ἔχει.

κἀγὼ πόλιν σὴν ὡς τάχιστ᾽ ἀφίξομαι,

πράξασ᾽ ἃ μέλλω καὶ τυχοῦσ᾽ ἃ βούλομαι.

코로스:

마이아의 아들이신 길손의 신 헤르메스께서

왕을 안전하게 귀가하도록 하소서!　　　　　　　　　760

아이게우스 왕이시여,

진정 고결한 분이시니,

마음에 품은 소원을 다 이루시옵소서!

메데이아:

오, 제우스 신이시여, 그의 따님이신 디케 여신이여,

태양신 헬리오스시여! 여러분, 이제 나의 적들을 쳐서　　765

승리를 거둘 때가 왔습니다.

이제 일에 착수했으니, 내 원수들에게

확실한 복수를 할 것입니다.

최악의 궁지에서 아이게우스 왕이 내 계획을 위한

항구가 되어 오셨으니, 내가 아테나 여신의 도시　　　770

아테나이에 가면 배의 고물을 그분께 매리라.

Χορός

ἀλλά σ' ὁ Μαίας πομπαῖος ἄναξ

πελάσειε δόμοις ὧν τ' ἐπίνοιαν   760

σπεύδεις κατέχων πράξειας, ἐπεὶ

γενναῖος ἀνήρ,

Αἰγεῦ, παρ' ἐμοὶ δεδόκησαι.

Μήδεια

ὦ Ζεῦ Δίκη τε Ζηνὸς Ἡλίου τε φῶς,

νῦν καλλίνικοι τῶν ἐμῶν ἐχθρῶν, φίλαι,   765

γενησόμεσθα κεἰς ὁδὸν βεβήκαμεν,

νῦν ἐλπὶς ἐχθροὺς τοὺς ἐμοὺς τείσειν δίκην.

οὗτος γὰρ ἀνὴρ ᾗ μάλιστ' ἐκάμνομεν

λιμὴν πέφανται τῶν ἐμῶν βουλευμάτων·

ἐκ τοῦδ' ἀναψόμεσθα πρυμνήτην κάλων,   770

μολόντες ἄστυ καὶ πόλισμα Παλλάδος.

자 이제, 나의 계획을 말하겠으니 잘 들으세요.

그냥 헛되이 하는 소리가 아닙니다.

하녀 한 명을 보내어

이아손을 오라고 청할 것입니다.   775

그가 왔을 때, 부드러운 말로 할 것입니다.

그가 나를 버리고 왕가와 혼인을 맺는 것이

잘한 일이며, 유익하고 훌륭한 결정이라고.

그런 다음, 아이들이 여기에 머물게 해 달라고

요청할 거예요.   780

이것은 원수의 조롱거리가 되도록

아이들을 이 땅에 남겨두고자 하는

그런 계획이 아니랍니다.

속임수를 써서 공주를 죽이기 위해서죠.

아이들 손에 선물을 들려 보낼 건데,

아이들을 추방시키지 않도록

공주의 환심을 사는 그런 고운 천으로 만든 옷,   785

그리고 황금으로 만든 머리띠이지요.

ἤδη δὲ πάντα τἀμά σοι βουλεύματα
λέξω: δέχου δὲ μὴ πρὸς ἡδονὴν λόγους.
πέμψασ᾽ ἐμῶν τιν᾽ οἰκετῶν Ἰάσονα
ἐς ὄψιν ἐλθεῖν τὴν ἐμὴν αἰτήσομαι.   775
μολόντι δ᾽ αὐτῷ μαλθακοὺς λέξω λόγους,
ὡς καὶ δοκεῖ μοι ταὐτὰ καὶ καλῶς γαμεῖ
γάμους τυράννων οὓς προδοὺς ἡμᾶς ἔχει,
καὶ ξύμφορ᾽ εἶναι καὶ καλῶς ἐγνωσμένα.
παῖδας δὲ μεῖναι τοὺς ἐμοὺς αἰτήσομαι,   780
οὐχ ὡς λιποῦσ᾽ ἂν πολεμίας ἐπὶ χθονὸς
ἐχθροῖσι παῖδας τοὺς ἐμοὺς καθυβρίσαι,
ἀλλ᾽ ὡς δόλοισι παῖδα βασιλέως κτάνω.
πέμψω γὰρ αὐτοὺς δῶρ᾽ ἔχοντας ἐν χεροῖν,
[νύμφῃ φέροντας, τήνδε μὴ φυγεῖν χθόνα,]   785
λεπτόν τε πέπλον καὶ πλόκον χρυσήλατον:

그녀가 그것을 받아 몸에 걸치면,

고통스런 죽음을 맞게 되죠.

그녀를 만지는 사람도 역시 그렇게 되고요.

그런 독을 선물에 발라놓을 거예요.

이 애기는 그만 하고, 그 다음 해야 할 계획은   790

생각만 해도 마음 아픈 일이예요.

내 아이들을 죽여야 해요.

아무도 아이들을 구할 순 없어요.

이아손의 집을 완전히 파멸시켰을 때,

내 사랑하는 아이들을 죽인   795

가장 불경한 죄를 벗어나 이 땅을 떠날 거예요.

원수들의 조롱거리가 되는 건 견딜 수 없어요.

그러니 그럴 수밖에 없어요. 내가 살아서 뭐하겠어요?

조국도, 집도, 불행을 피할 데도 없어요.

κἄνπερ λαβοῦσα κόσμον ἀμφιθῇ χροΐ,

κακῶς ὀλεῖται πᾶς θ᾽ ὃς ἂν θίγῃ κόρης·

τοιοῖσδε χρίσω φαρμάκοις δωρήματα.

ἐνταῦθα μέντοι τόνδ᾽ ἀπαλλάσσω λόγον.   790

ᾤμωξα δ᾽ οἷον ἔργον ἔστ᾽ ἐργαστέον

τοὐντεῦθεν ἡμῖν· τέκνα γὰρ κατακτενῶ

τἄμ᾽· οὔτις ἔστιν ὅστις ἐξαιρήσεται·

δόμον τε πάντα συγχέασ᾽ Ἰάσονος

ἔξειμι γαίας, φιλτάτων παίδων φόνον   795

φεύγουσα καὶ τλᾶσ᾽ ἔργον ἀνοσιώτατον.

οὐ γὰρ γελᾶσθαι τλητὸν ἐξ ἐχθρῶν, φίλαι.

ἴτω· τί μοι ζῆν κέρδος; οὔτε μοι πατρὶς

οὔτ᾽ οἶκος ἔστιν οὔτ᾽ ἀποστροφὴ κακῶν.

이아손이라는 한 헬라인의 말을 믿고,   800
아버지 집을 떠났을 때 이미 실수를 한 거죠.
신의 도우심으로, 이자도 이제 나에게 저지른
죗값을 치르게 될 겁니다.

이날 이후로 내가 낳은 자식들을
그가 다시는 보지 못할 것이며,
새 신부에게서 난 자식도 보지 못할 거예요.   805
그녀는 나의 독에 의해 비참한 죽음을 맞을 테니.
아무도 날 나약하고, 멍청하게 복종하는 인간으로
생각해선 안 되오. 아니 그 반대죠.
원수들에겐 사납고, 친구들에겐 좋은 사람이죠.
그런 사람이 명예로운 삶을 사는 거죠.   810

코로스:
그대가 계획을 우리에게 털어 놓았으니,
그대를 도우며, 인류를 지키고자 하는 마음으로
요청하니, 부디 그런 짓은 하지 마오.

ἡμάρτανον τόθ᾽ ἡνίκ᾽ ἐξελίμπανον   800
δόμους πατρῴους, ἀνδρὸς Ἕλληνος λόγοις
πεισθεῖσ᾽, ὃς ἡμῖν σὺν θεῷ τείσει δίκην.
οὔτ᾽ ἐξ ἐμοῦ γὰρ παῖδας ὄψεταί ποτε
ζῶντας τὸ λοιπὸν οὔτε τῆς νεοζύγου
νύμφης τεκνώσει παῖδ᾽, ἐπεὶ κακὴν κακῶς   805
θανεῖν σφ᾽ ἀνάγκη τοῖς ἐμοῖσι φαρμάκοις.
μηδείς με φαύλην κἀσθενῆ νομιζέτω
μηδ᾽ ἡσυχαίαν, ἀλλὰ θατέρου τρόπου,
βαρεῖαν ἐχθροῖς καὶ φίλοισιν εὐμενῆ·
τῶν γὰρ τοιούτων εὐκλεέστατος βίος.   810

Χορός
ἐπείπερ ἡμῖν τόνδ᾽ ἐκοίνωσας λόγον,
σέ τ᾽ ὠφελεῖν θέλουσα καὶ νόμοις βροτῶν
ξυλλαμβάνουσα δρᾶν σ᾽ ἀπεννέπω τάδε.

메데이아:

다른 길은 없어요. 그대들은 내가 겪은

그런 일을 겪지 않았으니,

그렇게 충고하는 것도 이해가 되오.   815

코로스:

여인이여, 어떻게 제 자식을

제 손으로 죽인단 말이오?

메데이아:

이렇게 해야 내 남편에게

가장 깊은 상처를 안길 수 있기 때문이죠.

코로스:

그러면 그대 자신이 가장 비참한 여인이 되오.

Μήδεια

οὐκ ἔστιν ἄλλως· σοὶ δὲ συγγνώμη λέγειν

τάδ᾽ ἐστί, μὴ πάσχουσαν, ὡς ἐγώ, κακῶς.   815

Χορός

ἀλλὰ κτανεῖν σὸν σπέρμα τολμήσεις, γύναι;

Μήδεια

οὕτω γὰρ ἂν μάλιστα δηχθείη πόσις.

Χορός

σὺ δ᾽ ἂν γένοιό γ᾽ ἀθλιωτάτη γυνή.

메데이아:

어쩔 수 없지요.

일이 끝날 때 까지 더 이상 타협은 없어요.

(유모를 향해)

자, 유모 어서 가서 이아손을 데려 오세요.   820

항상 비밀스런 일은 유모에게 부탁했지요.

계획을 누설하지 않도록 하세요.

그대는 여주인인 나에게 충실한 사람이며,

또한 여자이니까요.

(유모가 퇴장한다.)

Μήδεια

ἴτω: περισσοὶ πάντες οὑν μέσῳ λόγοι.

ἀλλ᾽ εἶα χώρει καὶ κόμιζ᾽ Ἰάσονα   820

(ἐς πάντα γὰρ δὴ σοὶ τὰ πιστὰ χρώμεθα)

λέξῃς δὲ μηδὲν τῶν ἐμοὶ δεδογμένων,

εἴπερ φρονεῖς εὖ δεσπόταις γυνή τ᾽ ἔφυς.

코로스:

아테나이 사람들은 옛적부터

신들의 후예로 축복받았죠.

그들은 적의 침략에 짓밟힌 적 없는

신성한 땅에서 태어났고,   825

영광스런 지혜를 먹으며,

저 찬란한 공기를 호흡하며

우아하게 거닌답니다.

사람들이 말하기를,

아홉 음악의 신들이   830

금발의 하르모니아를

잉태한 곳이 바로

그 아테나이 땅이랍니다.

Χορός

Ἐρεχθεῖδαι τὸ παλαιὸν ὄλβιοι

καὶ θεῶν παῖδες μακάρων, ἱερᾶς 825

χώρας ἀπορθήτου τ᾽ ἄπο, φερβόμενοι

κλεινοτάταν σοφίαν, αἰεὶ διὰ λαμπροτάτου

βαίνοντες ἁβρῶς αἰθέρος, ἔνθα ποθ᾽ ἁγνὰς 830

ἐννέα Πιερίδας Μούσας λέγουσι

ξανθὰν Ἁρμονίαν φυτεῦσαι·

사람들은 이렇게 노래하지요.   835

아프로디테 여신이

그곳 케피소스 강에서

물을 길으시며,

그 땅에 부드러운 훈풍을

보내주신답니다.   840

여신께서는 머리에는 향기로운

장미꽃 화관으로 치장하시고,

애욕의 신 에로스를 보내어

지혜의 신을 보필하게 하시니,

온갖 뛰어난 예술을 낳게 하시도다.   845

이 신성한 강의 나라,

이 신성한 땅이

제 자식을 죽이고

그 피로 더럽혀진 그대를

어떻게 경건한 시민들과 함께 두겠어요?   850

Χορός

τοῦ καλλινάου τ᾽ ἐπὶ Κηφισοῦ ῥοαῖς   835

τὰν Κύπριν κλήζουσιν ἀφυσσαμέναν

χώρας καταπνεῦσαι μετρίους ἀνέμων

ἀέρας ἡδυπνόους· αἰεὶ δ᾽ ἐπιβαλλομέναν   840

χαίταισιν εὐώδη ῥοδέων πλόκον ἀνθέων

τᾷ Σοφίᾳ παρέδρους πέμπειν Ἔρωτας,

παντοίας ἀρετᾶς ξυνεργούς.   845

Χορός

πῶς οὖν ἱερῶν ποταμῶν

ἢ πόλις ἢ θεῶν

πόμπιμός σε χώρα

τὰν παιδολέτειραν ἕ-

ξει, τὰν οὐχ ὁσίαν, μετ᾽ ἀστῶν;   850

자식 살해를 생각해 보시오,
얼마나 끔찍한 살육인지 생각해 보시오!
그대의 무릎을 잡고
간곡히 빌고 있으니,
아이들을 죽이지 마오!   855

이 끔찍한 만행을 저지를
손과 마음의 용기를
어떻게 불러들이나요?
아이들을 향해 눈을 마주할 때,
눈물 없이 어떻게 그들의   860
운명을 지켜볼까요?
아이들이 그대 발아래서
살려 달라 탄원하며 엎드릴 때,
냉혹하게 그들의 피를
손에 묻히지 못할 것이오.   865

σκέψαι τεκέων πλα-

γάν, σκέψαι φόνον οἷον αἴρῃ.

μή, πρὸς γονάτων σε πάν-

τα πάντως ἱκετεύομεν,

τέκνα φονεύσῃς. 855

Χορός

πόθεν θράσος ἢ φρενὸς ἢ

χειρὶ †τέκνων† σέθεν

καρδίᾳ τε λήψῃ

δεινὰν προσάγουσα τόλ-

μαν; πῶς δ᾽ ὄμματα προσβαλοῦσα 860

τέκνοις ἄδακρυν μοῖ-

ραν σχήσεις φόνου; οὐ δυνάσῃ,

παίδων ἱκετᾶν πιτνόν-

των, τέγξαι χέρα φοινίαν

τλάμονι θυμῷ. 865

(이아손이 유모와 함께 등장한다.)

이아손:

당신의 요청으로 왔소이다.

비록 당신이 날 적대시하지만,

당신의 말은 들어주겠소.

무엇을 원하시오?

메데이아:

부탁인데 아까 한 말 용서해 주세요.   870

지난날 우리 사이의 사랑을 생각해서라도

내 분노를 참아주셔야 해요.

나는 혼잣말을 하며 스스로 이렇게 꾸짖었어요.

바보 같으니라고, 왜 최상의 호의를 베푸는

이들에게 화를 내며 싸우는 거야?

왜 이 나라의 통치자와 남편에게   875

적개심을 품는 거야?

Ἰάσων

ἥκω κελευσθείς· καὶ γὰρ οὖσα δυσμενὴς

οὔ τἂν ἁμάρτοις τοῦδέ γ᾿, ἀλλ᾿ ἀκούσομαι·

τί χρῆμα βούλῃ καινὸν ἐξ ἐμοῦ, γύναι;

Μήδεια

Ἰᾶσον, αἰτοῦμαί σε τῶν εἰρημένων

συγγνώμον᾿ εἶναι· τὰς δ᾿ ἐμὰς ὀργὰς φέρειν   870

εἰκός σ᾿, ἐπεὶ νῷν πόλλ᾿ ὑπείργασται φίλα.

ἐγὼ δ᾿ ἐμαυτῇ διὰ λόγων ἀφικόμην

κἀλοιδόρησα· Σχετλία, τί μαίνομαι

καὶ δυσμεναίνω τοῖσι βουλεύουσιν εὖ,

ἐχθρὰ δὲ γαίας κοιράνοις καθίσταμαι   875

πόσει θ᾿, ὃς ἡμῖν δρᾷ τὰ συμφορώτατα,

공주와 결혼하여 아이들에게 형제를 낳아주고
나에게 유익한 일을 하려는데 말이야?
분을 삭이지 못하겠어? 대체 왜 이래?
신들이 이토록 자비를 베푸시는데 말이야?
아이들도 있는데, 도와줄 친구도 없이   880
추방되는 신세라는 걸 몰라?

이런 생각을 해 보니, 내가 정말 어리석고
괜히 화를 냈다는 걸 알게 됐어요.
이제 당신 뜻을 따르겠어요.
당신이 우리를 위해 이 결혼동맹을 맺으려
하는 걸 알겠어요.   885
제가 바보였죠, 당연히 당신 계획을 따라
일을 진행하도록 도우며,
새 신부를 맞는 일에 기꺼이 동참하며
침상 시중도 들어야 했는데 말예요.
하지만 우리 여자란, 열등하다고는
말하지 않겠지만, 어쩔 수 없는 여자랍니다.   890

γήμας τύραννον καὶ κασιγνήτους τέκνοις

ἐμοῖς φυτεύων; οὐκ ἀπαλλαχθήσομαι

θυμοῦ — τί πάσχω; — θεῶν ποριζόντων καλῶς;

οὐκ εἰσὶ μέν μοι παῖδες, οἶδα δὲ χθόνα   880

φεύγοντας ἡμᾶς καὶ σπανίζοντας φίλων;

ταῦτ᾽ ἐννοηθεῖσ᾽ ἠσθόμην ἀβουλίαν

πολλὴν ἔχουσα καὶ μάτην θυμουμένη.

νῦν οὖν ἐπαινῶ σωφρονεῖν τέ μοι δοκεῖς

κῆδος τόδ᾽ ἡμῖν προσλαβών, ἐγὼ δ᾽ ἄφρων,   885

ἢ χρῆν μετεῖναι τῶνδε τῶν βουλευμάτων

καὶ ξυμπεραίνειν καὶ παρεστάναι λέχει

νύμφῃ τε κηδεύουσαν ἥδεσθαι σέθεν.

ἀλλ᾽ ἐσμὲν οἷόν ἐσμεν, οὐκ ἐρῶ κακόν,

γυναῖκες· οὔκουν χρῆν σ᾽ ὁμοιοῦσθαι φύσιν,   890

그러니 당신은 우리 여자같이 해서는 안 되고,
어리석음을 어리석음으로 갚아선 안 됩니다.
제가 잘못했어요. 그때는 어리석었지만,
이제 더 나은 생각을 얻게 되었어요.

(집을 향하여 소리친다.)

애들아, 애들아, 이리로 와, 집에서 나와!   895

(아이들이 가정교사와 함께 집에서 나온다.)

아버지께 인사드려라, 그리고
우리에게 호의를 베푸는
친구에게 보였던 적개심을 떨쳐버리자꾸나.
우리는 이제 화해했고, 분노는 사라졌어.
아버지의 오른손을 잡도록 해라.   900

οὐδ᾽ ἀντιτείνειν νήπι᾽ ἀντὶ νηπίων.

παριέμεσθα, καί φαμεν κακῶς φρονεῖν

τότ᾽, ἀλλ᾽ ἄμεινον νῦν βεβούλευμαι τάδε.

ὦ τέκνα τέκνα, δεῦρο, λείπετε στέγας,

ἐξέλθετ᾽, ἀσπάσασθε καὶ προσείπατε   895

πατέρα μεθ᾽ ἡμῶν καὶ διαλλάχθηθ᾽ ἅμα

τῆς πρόσθεν ἔχθρας ἐς φίλους μητρὸς μέτα:

σπονδαὶ γὰρ ἡμῖν καὶ μεθέστηκεν χόλος.

λάβεσθε χειρὸς δεξιᾶς: οἴμοι, κακῶν

ὡς ἐννοοῦμαι δή τι τῶν κεκρυμμένων.   900

(자식을 두고 떠나는 엄마의 아픈 마음을 가장한다.)

아, 미래가 숨기는 어떤 것이 떠오르는구나.
애들아, 너희들이 살아가는 동안 내내
그렇게 사랑스런 손을 내밀 수 있을까?
가련한 내 신세, 앞날을 생각하니 눈물이 앞서구나.
네 아버지와 지난날의 갈등을 해소하니,
내 눈에 눈물이 차오르는구나.   905

코로스:
내 눈에도 슬픈 눈물이 솟아나오네요.
이 이상 더 불행은 없길 바라오!

이아손:
여인이여, 잘하셨소. 앞서의 일들도
나무라지 않겠소. 남편이 다른 여자와
결혼한다는데 여자가 화를 내는 건 당연하지요.   910

ἆρ᾽, ὦ τέκν᾽, οὕτω καὶ πολὺν ζῶντες χρόνον

φίλην ὀρέξετ᾽ ὠλένην; τάλαιν᾽ ἐγώ,

ὡς ἀρτίδακρύς εἰμι καὶ φόβου πλέα.

χρόνῳ δὲ νεῖκος πατρὸς ἐξαιρουμένη

ὄψιν τέρειναν τήνδ᾽ ἔπλησα δακρύων.   905

Χορός

κἀμοὶ κατ᾽ ὄσσων χλωρὸν ὡρμήθη δάκρυ·

καὶ μὴ προβαίη μεῖζον ἢ τὸ νῦν κακόν.

Ἰάσων

αἰνῶ, γύναι, τάδ᾽, οὐδ᾽ ἐκεῖνα μέμφομαι·

εἰκὸς γὰρ ὀργὰς θῆλυ ποιεῖσθαι γένος

γάμου †παρεμπολῶντος† ἀλλοίου πόσει.   910

하지만 더 나은 생각으로 마음을 고쳐먹었고,

비록 시간이 걸리긴 했지만,

유익한 계획을 이해했으니 다행이오.

이것이 사려 깊은 여자의 처신이지요.

얘들아, 네 아버지는 너희들 생각을 하며,

신들의 도움으로, 많은 것을 챙겨뒀단다.   915

너희들은 언젠가 이 코린토스 땅에서

새 형제들과 함께 최고의 자리에 오를 거야.

어서 자라라. 이 아버지가 그 나머지는

알아서 처리할 테니. 나에게 자비를 베푸는

어떤 신의 도움으로 그렇게 될 거야.   920

너희들이 적들을 압도하는 늠름한 사내로

우뚝 서는 모습을 보고 싶구나.

(메데이아가 슬픔을 가장하고, 울며 고개를 돌린다.)

그런데 당신은 왜 슬픈 눈물을 흘리며

창백한 얼굴을 돌리는 거요?

내가 하는 이야기가 듣기 거북하오?

ἀλλ᾿ ἐς τὸ λῷον σὸν μεθέστηκεν κέαρ,

ἔγνως δὲ τὴν νικῶσαν, ἀλλὰ τῷ χρόνῳ,

βουλήν: γυναικὸς ἔργα ταῦτα σώφρονος.

ὑμῖν δέ, παῖδες, οὐκ ἀφροντίστως πατὴρ

πολλὴν ἔθηκε σὺν θεοῖς σωτηρίαν·   915

οἶμαι γὰρ ὑμᾶς τῆσδε γῆς Κορινθίας

τὰ πρῶτ᾿ ἔσεσθαι σὺν κασιγνήτοις ἔτι.

ἀλλ᾿ αὐξάνεσθε: τἄλλα δ᾿ ἐξεργάζεται

πατήρ τε καὶ θεῶν ὅστις ἐστὶν εὐμενής.

ἴδοιμι δ᾿ ὑμᾶς εὐτραφεῖς ἥβης τέλος   920

μολόντας, ἐχθρῶν τῶν ἐμῶν ὑπερτέρους.

αὕτη, τί χλωροῖς δακρύοις τέγγεις κόρας,

στρέψασα λευκὴν ἔμπαλιν παρηίδα;

κοὐκ ἀσμένη τόνδ᾿ ἐξ ἐμοῦ δέχῃ λόγον;

메데이아:

아무것도 아녜요. 애들 생각하고 있었어요.   925

이아손:

가련한 여인이여, 왜 아이들을 위해

그토록 탄식하고 있소?

메데이아:

제가 그들을 낳았으니까요.   930

그들이 잘 자랄 것이라 기도할 때,

과연 그렇게 될까 생각하니

연민의 마음이 앞서요.

이아손:

안심하시오! 내가 잘 돌볼 것이오.

Μήδεια

οὐδέν. τέκνων τῶνδ᾽ ἐννοουμένη πέρι.   925

Ἰάσων

τί δή, τάλαινα, τοῖσδ᾽ ἐπιστένεις τέκνοις;

Μήδεια

ἔτικτον αὐτούς· ζῆν δ᾽ ὅτ᾽ ἐξηύχου τέκνα,   930
ἐσῆλθέ μ᾽ οἶκτος εἰ γενήσεται τάδε.

Ἰάσων

θάρσει νυν· εὖ γὰρ τῶνδε θήσομαι πέρι.

메데이아:

그럴게요. 당신의 말을 불신하지는 않아요.

하지만, 여자란 심성이 연약해서

눈물이 많은 것이죠.

자, 당신에게 말하고자 했던 일부는

얘기했고, 나머지를 마저 하지요.

이 땅의 통치자가 나를 추방하려 해요.

당신을 위해서나, 통치자를 위해서나   935

내가 이곳에 머물지 않는 게 좋다고

나 또한 그렇게 생각해요.

이 집안은 나를 적대시하니 말이오.

그래서 저는 이 땅을 떠날 것이지만,

아이들은 당신이 보살필 수 있도록,

추방하지 말라고 크레온 왕께 부탁하세요.   940

이아손:

설득할 수 있을지 모르겠소만, 해 보겠소.

Μήδεια

δράσω τάδ᾽· οὔτοι σοῖς ἀπιστήσω λόγοις·

γυνὴ δὲ θῆλυ κἀπὶ δακρύοις ἔφυ.

ἀλλ᾽ ὧνπερ οὕνεκ᾽ εἰς ἐμοὺς ἥκεις λόγους,

τὰ μὲν λέλεκται, τῶν δ᾽ ἐγὼ μνησθήσομαι.

ἐπεὶ τυράννοις γῆς μ᾽ ἀποστεῖλαι δοκεῖ

(κἀμοὶ τάδ᾽ ἐστὶ λῷστα, γιγνώσκω καλῶς,   935

μήτ᾽ ἐμποδὼν σοὶ μήτε κοιράνοις χθονὸς

ναίειν· δοκῶ γὰρ δυσμενὴς εἶναι δόμοις)

ἡμεῖς μὲν ἐκ γῆς τῆσδ᾽ ἀπαροῦμεν φυγῇ,

παῖδες δ᾽ ὅπως ἂν ἐκτραφῶσι σῇ χερί,

αἰτοῦ Κρέοντα τήνδε μὴ φεύγειν χθόνα.   940

Ἰάσων

οὐκ οἶδ᾽ ἂν εἰ πείσαιμι, πειρᾶσθαι δὲ χρή.

메데이아:

그러면, 새 신부에게 시켜

그 아버지께 부탁드리라고 하세요.

아이들을 추방하지 말라고요.

이아손:

틀림없이 그녀를 설득할 수 있을 것 같소.

메데이아:

그녀가 보통 여자들 가운데 한 사람이라면   945

그럴 것이죠. 나도 이 일에 한몫 거들겠어요.

인간세상에서 가장 아름다운 선물을

그녀에게 보낼 거예요. 고운 천으로 만든 옷,

그리고 황금으로 만든 머리띠를

아이들 손에 들려 보낼 거예요.   950

Μήδεια

σὺ δ᾽ ἀλλὰ σὴν κέλευσον ἄντεσθαι πατρὸς
γυναῖκα παῖδας τήνδε μὴ φεύγειν χθόνα.

Ἰάσων

μάλιστα, καὶ πείσειν γε δοξάζω σφ᾽ ἐγώ.

Μήδεια

εἴπερ γυναικῶν <γ᾽> ἐστι τῶν ἄλλων μία.   945
συλλήψομαι δὲ τοῦδέ σοι κἀγὼ πόνου·
πέμψω γὰρ αὐτῇ δῶρ᾽ ἃ καλλιστεύεται
τῶν νῦν ἐν ἀνθρώποισιν, οἶδ᾽ ἐγώ, πολὺ
[λεπτόν τε πέπλον καὶ πλόκον χρυσήλατον]
παῖδας φέροντας. ἀλλ᾽ ὅσον τάχος χρεὼν   950

(하녀들에게 말한다.)

누구든 얼른 가서 그 선물을 내오도록 해.

(하녀들 가운데 한 사람이 집으로 들어간다.)

새 신부는 행복이 겹겹이 넘치는군요.
당신 같은 훌륭한 남자를 남편으로 맞고,
나의 할아버지 헬리오스께서 자손들에게
내리신 그 선물을 또한 받게 됐으니까요.   955

(하인이 선물을 가지고 들어온다.
메데이아는 그것을 받아 아이들에게 전달한다.)

애들아, 이 결혼 선물을 받아서
왕가의 행복한 신부에게 갖다 드려라.
변변찮은 선물은 결코 아닐 것이야.

κόσμον κομίζειν δεῦρο προσπόλων τινά.

εὐδαιμονήσει δ᾽ οὐχ ἕν, ἀλλὰ μυρία,

ἀνδρός τ᾽ ἀρίστου σοῦ τυχοῦσ᾽ ὁμευνέτου

κεκτημένη τε κόσμον ὅν ποθ᾽ Ἥλιος

πατρὸς πατὴρ δίδωσιν ἐκγόνοισιν οἷς.   955

λάζυσθε φερνὰς τάσδε, παῖδες, ἐς χέρας

καὶ τῇ τυράννῳ μακαρίᾳ νύμφῃ δότε

φέροντες· οὔτοι δῶρα μεμπτὰ δέξεται.

이아손:

바보같이 왜 이런 것을 주어버리려 하시오?

왕가에 옷이 없겠소, 황금이 없겠소?   960

잘 간직해 두시오, 아무에게도 주지 말고.

그녀가 진정 나를 귀히 여긴다면,

재물보다 더 귀하게 여길 것이 틀림없소.

메데이아:

아니죠, 선물에는 신들도 감동한다고 해요.

사람들에게는 천 마디 말보다

황금이 더 힘이 세지요.   965

운명은 그녀의 편이고, 신은 그녀를 축복하고,

젊은 공주이니, 내 아이들의 추방을 막기 위해

황금이 아니라 목숨이라도 내놓겠어요.

자, 애들아, 부유한 왕궁으로 가서

네 아버지의 새 신부, 나의 여주인께   970

추방하지 말라고 간청하며 이 선물을 드려라.

Ἰάσων

τί δ᾽, ὦ ματαία, τῶνδε σὰς κενοῖς χέρας;

δοκεῖς σπανίζειν δῶμα βασίλειον πέπλων,   960

δοκεῖς δὲ χρυσοῦ; σῷζε, μὴ δίδου τάδε.

εἴπερ γὰρ ἡμᾶς ἀξιοῖ λόγου τινὸς

γυνή, προθήσει χρημάτων, σάφ᾽ οἶδ᾽ ἐγώ.

Μήδεια

μή μοι σύ: πείθειν δῶρα καὶ θεοὺς λόγος:

χρυσὸς δὲ κρείσσων μυρίων λόγων βροτοῖς.   965

κείνης ὁ δαίμων [κεῖνα νῦν αὔξει θεός,

νέα τυραννεῖ]: τῶν δ᾽ ἐμῶν παίδων φυγὰς

ψυχῆς ἂν ἀλλαξαίμεθ᾽, οὐ χρυσοῦ μόνον.

ἀλλ᾽, ὦ τέκν᾽, εἰσελθόντε πλουσίους δόμους

πατρὸς νέαν γυναῖκα, δεσπότιν δ᾽ ἐμήν,   970

ἱκετεύετ᾽, ἐξαιτεῖσθε μὴ φυγεῖν χθόνα,

아주 소중한 것이니,

그녀의 손으로 직접 받아야 한단다.

어서 서둘러 가거라! 일을 성공적으로 마치고

이 어미가 듣고자 하는 좋은 소식을 전해다오!　　　　　　975

(이아손과 수행원들, 선물을 든 아이들,

가정교사 퇴장한다.)

코로스:

이제 아이들이 살 가망이 없어졌구나. 전혀.

이미 죽음의 길을 가고 있어.

가련한 신부는

황금 머리띠를 두른 채

파멸하는구나.

자신의 손으로 금발의 머리에　　　　　　　　　　　980

죽음의 관을 씌우는구나.

κόσμον διδόντες: τοῦδε γὰρ μάλιστα δεῖ,

ἐς χεῖρ᾽ ἐκείνην δῶρα δέξασθαι τάδε.

ἴθ᾽ ὡς τάχιστα: μητρὶ δ᾽ ὧν ἐρᾷ τυχεῖν

εὐάγγελοι γένοισθε πράξαντες καλῶς.   975

Χορός

νῦν ἐλπίδες οὐκέτι μοι παίδων ζόας,

οὐκέτι: στείχουσι γὰρ ἐς φόνον ἤδη.

δέξεται νύμφα χρυσέων ἀναδεσμᾶν

δέξεται δύστανος ἄταν:

ξανθᾷ δ᾽ ἀμφὶ κόμᾳ θήσει τὸν Ἅιδα   980

κόσμον αὐτὰ χεροῖν.

매혹적인 천상의 광채가
그 옷과 황금 머리띠를
두르도록 종용하겠지.
곧 저승이 새 신부를 맞이하겠네.   985
그런 올무 속으로,
죽음의 운명 속으로
빠져들어 가니,
파멸을 벗어날 길 없구나.

불행한 신랑이여,
왕가와 혼인을 맺은 그대여,   990
자신도 모르게 아이들의 생명을
파멸로 인도하며,
새 신부에게 끔찍한 죽음을
안겨주는구나.
자신의 운명도 모른 채
헛된 길을 갔도다!   995

Χορός

πείσει χάρις ἀμβρόσιός τ᾽ αὐγὰ πέπλον

χρυσότευκτόν τε στέφανον περιθέσθαι:

νερτέροις δ᾽ ἤδη πάρα νυμφοκομήσει.   985

τοῖον εἰς ἕρκος πεσεῖται

καὶ μοῖραν θανάτου δύστανος: ἄταν δ᾽

οὐχ ὑπεκφεύξεται.

Χορός

σὺ δ᾽, ὦ τάλαν, ὦ κακόνυμφε   990

κηδεμὼν τυράννων,

παισὶν οὐ κατειδὼς

ὄλεθρον βιοτᾷ προσάγεις ἀλόχῳ τε

σᾷ στυγερὸν θάνατον.

δύστανε, μοίρας ὅσον παροίχῃ.   995

불행한 여인, 아이들의 어머니,
그대의 고통을 위해서도 슬퍼하오.
불경한 그대 남편이
혼인의 맹세를 깨고 새 신부를 얻어
결혼 침대를 더럽혔기에,
그대는 자신의 아이들을 죽이는구려.   1000

(가정교사가 아이들과 함께 돌아온다.)

가정교사:
마님, 아이들은 추방을 면했습니다.
공주는 선물을 손에 받아 들고는
무척 기뻐했습니다.
저쪽으로부터는 이제 안전합니다.

(메데이아가 고개를 돌리며 운다.)

Χορός

μεταστένομαι δὲ σὸν ἄλγος,

ὦ τάλαινα παίδων

μᾶτερ, ἃ φονεύσεις

τέκνα νυμφιδίων ἕνεκεν λεχέων, ἅ

σοι προλιπὼν ἀνόμως   1000

ἄλλᾳ ξυνοικεῖ πόσις συνεύνῳ.

Παιδαγωγός

δέσποιν᾽, ἀφεῖνται παῖδες οἵδε σοι φυγῆς,

καὶ δῶρα νύμφῃ βασιλὶς ἀσμένη χεροῖν

ἐδέξατ᾽· εἰρήνη δὲ τἀκεῖθεν τέκνοις.

아, 그런데 왜 심란해 하세요,   1005
일이 잘 되었는데?
왜 얼굴을 외면하세요,
이 소식이 기쁘지 않으신지요?

메데이아:
아, 슬프도다!

가정교사:
제가 전한 소식과는 안 맞는 반응이십니다.

메데이아:
아, 슬프고, 슬프도다!

가정교사:
제가 뭘 모르고 나쁜 소식을
좋은 소식으로 착각했나요?   1010

ἔα: τί συγχυθεῖσ᾽ ἕστηκας ἡνίκ᾽ εὐτυχεῖς;   1005

[τί σὴν ἔστρεψας ἔμπαλιν παρηίδα

κοὐκ ἀσμένη τόνδ᾽ ἐξ ἐμοῦ δέχῃ λόγον;]

Μήδεια

αἰαῖ.

Παιδαγωγός

τάδ᾽ οὐ ξυνῳδὰ τοῖσιν ἐξηγγελμένοις.

Μήδεια

αἰαῖ μάλ᾽ αὖθις.

Παιδαγωγός.

μῶν τιν᾽ ἀγγέλλων τύχην

οὐκ οἶδα, δόξης δ᾽ ἐσφάλην εὐαγγέλου;   1010

메데이아:

그대는 전할 바를 전했어요.

책망할 것이 없어요.

가정교사:

그런데 왜 슬픈 표정으로

땅을 보며, 우시나요?

메데이아:

울지 않을 수가 없어요.

격한 마음에 내가 신들과 함께

이 계략을 꾸몄다오.

가정교사:

힘내세요, 언젠가 아이들이

마님을 다시 집으로 모셔올 겁니다.   1015

Μήδεια

ἤγγειλας οἷ᾽ ἤγγειλας: οὐ σὲ μέμφομαι.

Παιδαγωγός

τί δαὶ κατηφὲς ὄμμα καὶ δακρυρροεῖς;

Μήδεια

πολλή μ᾽ ἀνάγκη, πρέσβυ: ταῦτα γὰρ θεοὶ
κἀγὼ κακῶς φρονοῦσ᾽ ἐμηχανησάμην.

Παιδαγωγός

θάρσει: κάτει τοι καὶ σὺ πρὸς τέκνων ἔτι.   1015

메데이아:

그전에 내가 다른 일들을
집으로 불러들일 겁니다.

가정교사:

자식과 헤어지는 이는 마님만이 아닙니다.
모든 우리 인간들은 어쩔 도리 없이
불행을 참고 견뎌야 하지요.

메데이아:

그렇게 하지요. 자 이제 집 안에 들어가   1020
아이들과 할 일과를 하세요.

(가정교사가 집 안으로 들어간다.
메데이아는 아이들을 향해 말한다.)

Μήδεια

ἄλλους κατάξω πρόσθεν ἢ τάλαιν᾽ ἐγώ.

Παιδαγωγός

οὔτοι μόνη σὺ σῶν ἀπεζύγης τέκνων·

κούφως φέρειν χρὴ θνητὸν ὄντα συμφοράς.

Μήδεια

δράσω τάδ᾽. ἀλλὰ βαῖνε δωμάτων ἔσω

καὶ παισὶ πόρσυν᾽ οἷα χρὴ καθ᾽ ἡμέραν.　　　　　1020

ὦ τέκνα τέκνα, σφῷν μὲν ἔστι δὴ πόλις

καὶ δῶμ᾽, ἐν ᾧ λιπόντες ἀθλίαν ἐμὲ

οἰκήσετ᾽ αἰεὶ μητρὸς ἐστερημένοι·

내 아이들아, 애들아, 너희들은

이 어미를 떠나

영원히 살 나라와 집으로 갈 거야,

나는 추방되어 다른 나라로 갈 것이고.

너희들이 성장하는 모습과

행복해 하는 모습을 보기도 전에,   1025

너희들의 결혼 준비를 하며,

목욕물도 보아주고, 신부도 보아주고,

결혼 침대도 보아주고,

신부맞이 횃불을 들어주기도 전에.

오, 불쌍한 신세로다, 내 완고함이여.

너희를 키운 것도 모든 게 허사로다.

내가 애쓰고 수고한 것,

출산의 격한 고통을 견딘 것,   1030

이 모든 것도 허사로구나.

ἐγὼ δ᾽ ἐς ἄλλην γαῖαν εἶμι δὴ φυγάς,

πρὶν σφῷν ὀνάσθαι κἀπιδεῖν εὐδαίμονας,   1025

πρὶν λουτρὰ καὶ γυναῖκα καὶ γαμηλίους

εὐνὰς ἀγῆλαι λαμπάδας τ᾽ ἀνασχεθεῖν.

ὦ δυστάλαινα τῆς ἐμῆς αὐθαδίας.

ἄλλως ἄρ᾽ ὑμᾶς, ὦ τέκν᾽, ἐξεθρεψάμην,

ἄλλως δ᾽ ἐμόχθουν καὶ κατεξάνθην πόνοις,   1030

στερρὰς ἐνεγκοῦσ᾽ ἐν τόκοις ἀλγηδόνας.

불쌍한 내 신세! 이전에는
너희들이 내 노년을 돌보아주고,
너희들 손으로 내 장례를 치러주는,
인간이면 마땅히 가지는 소망도 있었지.   1035
그러나 이제 이 달콤한 꿈이 사라졌어,
너희들을 잃고 고통과 슬픔 속에 살아갈 테니.
그리고 너희들도 더 이상 이 어미를
그 사랑스런 눈으로 볼 수가 없어,
다른 삶을 향해 떠나야 하니까.

오, 왜 그런 의미심장한 눈으로 보는 거야?   1040
왜 이 어미에게 미소를 짓니, 최후의 미소?
아, 어떡하지? 여러분,
아이들의 반짝이는 눈빛을 보니
도무지 용기가 나지 않아요.
난 못하겠어, 이전의 계획은 사라져 버려라!
이 땅에서 아이들을 데리고 나갈 거야.   1045

ἦ μήν ποθ᾽ ἡ δύστηνος εἶχον ἐλπίδας

πολλὰς ἐν ὑμῖν, γηροβοσκήσειν τ᾽ ἐμὲ

καὶ κατθανοῦσαν χερσὶν εὖ περιστελεῖν,

ζηλωτὸν ἀνθρώποισι: νῦν δ᾽ ὄλωλε δὴ   1035

γλυκεῖα φροντίς. σφῷν γὰρ ἐστερημένη

λυπρὸν διάξω βίοτον ἀλγεινόν τ᾽ ἐμόν.

ὑμεῖς δὲ μητέρ᾽ οὐκέτ᾽ ὄμμασιν φίλοις

ὄψεσθ᾽, ἐς ἄλλο σχῆμ᾽ ἀποστάντες βίου.

φεῦ φεῦ: τί προσδέρκεσθέ μ᾽ ὄμμασιν, τέκνα;   1040

τί προσγελᾶτε τὸν πανύστατον γέλων;

αἰαῖ: τί δράσω; καρδία γὰρ οἴχεται,

γυναῖκες, ὄμμα φαιδρὸν ὡς εἶδον τέκνων.

οὐκ ἂν δυναίμην: χαιρέτω βουλεύματα

τὰ πρόσθεν: ἄξω παῖδας ἐκ γαίας ἐμούς.   1045

왜 아이들 아버지에게 고통을 주려다,
내가 그 두 배의 고통을 당해야 하지?
난 못하겠어, 몹쓸 계획이여 사라져 버려라!

내가 어떻게 된 건가?
내 원수들을 응징하지 않고 내버려두고,
저들의 조롱거리가 될 건가?   1050
아니지, 이런 유약한 생각을 마음에 품다니
나약해 빠졌군. 애들아 집 안으로 들어가거라.
나의 희생제에 참여하도록
허락받지 않은 자는
근심에 빠질 것입니다.
내 손은 결코 약해지지 않을 것이오.   1055

오, 내 마음이여, 넌 이런 짓을 해서는 안 돼.
불쌍한 마음이여, 애들을 놔주고 해치지마.
아이들과 함께 아테나이에 가서 살면
그들이 너에게 기쁨을 줄 거야.

τί δεῖ με πατέρα τῶνδε τοῖς τούτων κακοῖς

λυποῦσαν αὐτὴν δὶς τόσα κτᾶσθαι κακά;

οὐ δῆτ᾽ ἔγωγε: χαιρέτω βουλεύματα.

καίτοι τί πάσχω; βούλομαι γέλωτ᾽ ὀφλεῖν

ἐχθροὺς μεθεῖσα τοὺς ἐμοὺς ἀζημίους;   1050

τολμητέον τάδ᾽· ἀλλὰ τῆς ἐμῆς κάκης

τὸ καὶ προσέσθαι μαλθακοὺς λόγους φρενί.

χωρεῖτε, παῖδες, ἐς δόμους. ὅτῳ δὲ μὴ

θέμις παρεῖναι τοῖς ἐμοῖσι θύμασιν,

αὐτῷ μελήσει: χεῖρα δ᾽ οὐ διαφθερῶ.   1055

[ἆ ἆ.

μὴ δῆτα, θυμέ, μὴ σύ γ᾽ ἐργάσῃ τάδε:

ἔασον αὐτούς, ὦ τάλαν, φεῖσαι τέκνων:

ἐκεῖ μεθ᾽ ἡμῶν ζῶντες εὐφρανοῦσί σε.

아냐, 하데스의 복수의 신들께 맹세코,
내 원수들에게 조롱거리가 되도록   1060
아이들을 넘겨줄 수 없어.
어쨌든 죽어야 해. 죽어야 한다면
그들을 낳은 내가 그들을 죽여야 해.
이것은 반드시 이루어져야 하며,
피할 수도 없어.

머리띠는 이미 머리 위에 있고,   1065
옷을 입은 채 왕가의 신부는 죽어가고 있지,
난 잘 알고 있어.
나는 지금 가장 비참한 길로 가고 있고,
아이들을 더 불행한 길로 보내고 있지.
아이들에게 작별인사를 해야겠어.

(집으로 가려는 아이들을 부른다.)

얘들아, 오른손을 다오, 입맞춤을 하게.   1070

μὰ τοὺς παρ' Ἅιδῃ νερτέρους ἀλάστορας,

οὔτοι ποτ' ἔσται τοῦθ' ὅπως ἐχθροῖς ἐγὼ 1060

παῖδας παρήσω τοὺς ἐμοὺς καθυβρίσαι.

πάντως σφ' ἀνάγκη κατθανεῖν: ἐπεὶ δὲ χρή,

ἡμεῖς κτενοῦμεν οἵπερ ἐξεφύσαμεν.

πάντως πέπρακται ταῦτα κοὐκ ἐκφεύξεται.]

καὶ δὴ 'πὶ κρατὶ στέφανος, ἐν πέπλοισι δὲ 1065

νύμφη τύραννος ὄλλυται, σάφ' οἶδ' ἐγώ.

ἀλλ', εἶμι γὰρ δὴ τλημονεστάτην ὁδὸν

καὶ τούσδε πέμψω τλημονεστέραν ἔτι,

παῖδας προσειπεῖν βούλομαι: δότ', ὦ τέκνα,

δότ' ἀσπάσασθαι μητρὶ δεξιὰν χέρα. 1070

이 사랑스런 손과 입술,

내 아이들의 기품 있는 얼굴과 자태,

행복하길 바란다. 저곳에서.

이곳에서는 네 아버지가 그걸 앗아갔구나.

이 달콤한 감촉, 부드러운 살갗,

향기로운 숨결!   1075

자, 가거라. 슬픔이 에워싸니

더 이상 너희들을 쳐다보지 못하겠구나.

(아이들이 집 안으로 들어간다.)

얼마나 끔찍한 일을 저지를지 난 잘 알아,

하지만 나의 격정이 나의 판단을 지배하니,

격정은 인간세상 악행의 뿌리가 되도다.   1080

(메데이아가 오른쪽으로 나간다.)

ὦ φιλτάτη χείρ, φίλτατον δέ μοι στόμα

καὶ σχῆμα καὶ πρόσωπον εὐγενὲς τέκνων,

εὐδαιμονοῖτον, ἀλλ᾽ ἐκεῖ· τὰ δ᾽ ἐνθάδε

πατὴρ ἀφείλετ᾽. ὦ γλυκεῖα προσβολή,

ὦ μαλθακὸς χρὼς πνεῦμά θ᾽ ἥδιστον τέκνων.   1075

χωρεῖτε χωρεῖτ᾽· οὐκέτ᾽ εἰμὶ προσβλέπειν

οἵα τε †πρὸς ὑμᾶς† ἀλλὰ νικῶμαι κακοῖς.

καὶ μανθάνω μὲν οἷα τολμήσω κακά,

θυμὸς δὲ κρείσσων τῶν ἐμῶν βουλευμάτων,

ὅσπερ μεγίστων αἴτιος κακῶν βροτοῖς.   1080

코로스:

전에 종종 철학적 담론을 하며,

여자들에게는 어울리지 않는

논쟁을 벌이기도 했답니다.

아니, 우리 여자들 또한

지혜를 가르쳐주는 여신인 무사가

동행하기도 하지요.   1085

모두는 아니라도 드물게,

무사 여신과 동행하는 지혜로운

여자를 볼 수 있지요.

그래서 제가 한 마디 하자면,

자식을 낳은 적 없는

무자식인 사람이   1090

자식을 낳아서 기르는

사람보다 더 낫다는 거죠.

Χορός

πολλάκις ἤδη διὰ λεπτοτέρων

μύθων ἔμολον καὶ πρὸς ἁμίλλας

ἦλθον μείζους ἢ χρὴ γενεὰν

θῆλυν ἐρευνᾶν:

ἀλλὰ γὰρ ἔστιν μοῦσα καὶ ἡμῖν,   1085

ἣ προσομιλεῖ σοφίας ἕνεκεν,

πάσαισι μὲν οὔ, παῦρον δὲ γένος,

<μίαν> ἐν πολλαῖς, εὕροις ἂν ἴσως

οὐκ ἀπόμουσον τὸ γυναικῶν.

καί φημι βροτῶν οἵτινές εἰσιν   1090

πάμπαν ἄπειροι μηδ᾽ ἐφύτευσαν

παῖδας προφέρειν εἰς εὐτυχίαν

τῶν γειναμένων.

무자식인 사람은
자식이 없는 고로,
그 자식이 세상에서
덕을 끼칠지, 악을 끼칠지   1095
모르기 때문에,
이런 번민으로부터 자유롭게
살 수 있지요.
하지만 집에 자식이라는
달콤한 선물을 가진 사람은
온통 걱정으로
인생을 보내게 되지요.   1100

첫째, 아이들을 어떻게 하면 잘 양육할까,
어떻게 하면 생계거리를
물려줄 수 있을까 하지요.
그 후에도 자식들에게 바친 이런 수고가
좋을 결과를 낳을지 아닐지 알 수 없어요.

οἱ μὲν ἄτεκνοι δι᾽ ἀπειροσύνην

εἴθ᾽ ἡδὺ βροτοῖς εἴτ᾽ ἀνιαρὸν   1095

παῖδες τελέθουσ᾽ οὐχὶ τυχόντες

πολλῶν μόχθων ἀπέχονται·

οἷσι δὲ τέκνων ἔστιν ἐν οἴκοις

γλυκερὸν βλάστημ᾽, ἐσορῶ μελέτῃ

κατατρυχομένους τὸν ἄπαντα χρόνον,   1100

πρῶτον μὲν ὅπως θρέψουσι καλῶς

βίοτόν θ᾽ ὁπόθεν λείψουσι τέκνοις·

ἔτι δ᾽ ἐκ τούτων εἴτ᾽ ἐπὶ φλαύροις

εἴτ᾽ ἐπὶ χρηστοῖς

μοχθοῦσι, τόδ᾽ ἐστὶν ἄδηλον.

마지막으로, 모든 인간에게 닥치는
큰 불행을 말하지요.   1105
충분한 생계를 꾸리고,
무럭무럭 잘 자라 성인이 되고,
훌륭한 인물로 자랐다 하더라도,
신께서 원하시면 죽음이 그들을
저승세계 하데스로 데려가지요.   1110

그러니 자식으로 인해,
다른 수많은 고통에다
이런 쓰라린 고통을
인간들에게 더하시니
우리 인간에게 자식이 무슨 덕이 되나요?   1115

(메데이아가 오른쪽에서 들어온다.)

ἓν δὲ τὸ πάντων λοίσθιον ἤδη   1105

πᾶσιν κατερῶ θνητοῖσι κακόν·

καὶ δὴ γὰρ ἅλις βίοτόν θ᾽ ηὗρον

σῶμά τ᾽ ἐς ἥβην ἤλυθε τέκνων

χρηστοί τ᾽ ἐγένοντ᾽· εἰ δὲ κυρῆσαι

δαίμων οὕτως, φροῦδος ἐς Ἅιδου   1110

θάνατος προφέρων σώματα τέκνων.

πῶς οὖν λύει πρὸς τοῖς ἄλλοις

τήνδ᾽ ἔτι λύπην ἀνιαροτάτην

παίδων ἕνεκεν

θνητοῖσι θεοὺς ἐπιβάλλειν;   1115

메데이아:

여러분, 나는 아까부터 일이 어떻게 될까

결과를 기다리며 저쪽을 지켜보고

있었어요. 저기 이아손의 하인이 오고 있어요.

숨을 헐떡이는 것을 보니

새로운 재앙을 전해 줄 것 같군요.   1120

(오른쪽에서 사자가 등장한다.)

사자:

메데이아 그대는 정말 끔찍한 일을 저질렀소.

자, 살려면 어서 달아나시오.

배를 타든, 마차를 타든 어서요!

메데이아:

무슨 일이기에 달아나라는 것이오?

Μήδεια

φίλαι, πάλαι τοι προσμένουσα τὴν τύχην

καραδοκῶ τἀκεῖθεν οἷ προβήσεται.

καὶ δὴ δέδορκα τόνδε τῶν Ἰάσονος

στείχοντ᾽ ὀπαδῶν· πνεῦμα δ᾽ ἠρεθισμένον

δείκνυσιν ὥς τι καινὸν ἀγγελεῖ κακόν.   1120

Ἄγγελος

[ὦ δεινὸν ἔργον παρανόμως εἰργασμένη,]

Μήδεια, φεῦγε φεῦγε, μήτε ναΐαν

λιποῦσ᾽ ἀπήνην μήτ᾽ ὄχον πεδοστιβῆ.

Μήδεια

τί δ᾽ ἄξιόν μοι τῆσδε τυγχάνει φυγῆς;

사자:

공주와 그녀의 아버지 크레온 왕이   1125

그대가 보낸 독 때문에 죽었단 말이오.

메데이아:

정말 좋은 소식을 전하는구려!

앞으로 당신을 내 은인이요

친구로 여길 것이오.

사자:

뭐라고요, 지금 제정신이오?

왕가를 짓밟아놓고도,   1130

그 소식이 기쁘고, 두렵지 않단 말이오?

Ἄγγελος

ὄλωλεν ἡ τύραννος ἀρτίως κόρη   1125

Κρέων θ᾽ ὁ φύσας φαρμάκων τῶν σῶν ὕπο.

Μήδεια

κάλλιστον εἶπας μῦθον, ἐν δ᾽ εὐεργέταις

τὸ λοιπὸν ἤδη καὶ φίλοις ἐμοῖς ἔσῃ.

Ἄγγελος

τί φῇς; φρονεῖς μὲν ὀρθὰ κοὺ μαίνῃ, γύναι,

ἥτις, τυράννων ἑστίαν ᾐκισμένη,   1130

χαίρεις κλύουσα κοὺ φοβῇ τὰ τοιάδε;

메데이아:

당신의 말에 나도 할 말이 많아요.

너무 서둘지 마시오, 친구여,

말해 주시오, 어떻게 죽었나요?

고통스럽게 죽었다면

기쁨이 두 배가 될 것이오.   1135

사자:

그대의 두 아들이 그 아버지와 함께

신부 집에 왔을 때, 그대의 불행에

마음이 아팠던 우리 하인들은 기뻐했죠.

그대와 남편이 화해했다는

소식을 듣고 축복의 말들을 했답니다.   1140

어떤 이는 아이들 손에,

어떤 이는 아이들 금발 머리에

입맞춤을 했지요.

나도 기쁨에 취해 아이들을 따라

여자들의 거처로 들어갔다오.

Μήδεια

ἔχω τι κἀγὼ τοῖσι σοῖς ἐναντίον
λόγοισιν εἰπεῖν: ἀλλὰ μὴ σπέρχου, φίλος,
λέξον δέ: πῶς ὤλοντο; δὶς τόσον γὰρ ἂν
τέρψειας ἡμᾶς, εἰ τεθνᾶσι παγκάκως   1135

Ἄγγελος

ἐπεὶ τέκνων σῶν ἦλθε δίπτυχος γονὴ
σὺν πατρί, καὶ παρῆλθε νυμφικοὺς δόμους,
ἤσθημεν οἵπερ σοῖς ἐκάμνομεν κακοῖς
δμῶες: δι᾽ ὤτων δ᾽ εὐθὺς ἦν πολὺς λόγος
σὲ καὶ πόσιν σὸν νεῖκος ἐσπεῖσθαι τὸ πρίν.   1140
κυνεῖ δ᾽ ὁ μέν τις χεῖρ᾽, ὁ δὲ ξανθὸν κάρα
παίδων: ἐγὼ δὲ καὐτὸς ἡδονῆς ὕπο
στέγας γυναικῶν σὺν τέκνοις ἅμ᾽ ἑσπόμην.

그대를 대신하여 안주인이 되신 그분은

두 아이들을 보기 전에는,   1145

이아손 님을 다정하게 바라보았지요.

그런데, 아이들이 들어오는 것을 보자,

언짢은 표정으로 눈을 가리고는

창백한 얼굴이 되어 고개를 돌리셨죠.

그러자 그대의 남편은 그녀의 화를 풀고자   1150

이렇게 말했죠.

"친구들을 냉정하게 대하지 마오,

화를 풀고 우리를 다시 바라보아요,

그대의 남편이 친구로 여기는 이를

그대도 친구로 여기시오.

이 선물을 받으시고, 아버지께 요청해 주시오,

나를 생각해서 이 아이들이 추방에서

면하도록 말이오."   1155

δέσποινα δ᾽ ἣν νῦν ἀντὶ σοῦ θαυμάζομεν,

πρὶν μὲν τέκνων σῶν εἰσιδεῖν ξυνωρίδα,   1145

πρόθυμον εἶχ᾽ ὀφθαλμὸν εἰς Ἰάσονα·

ἔπειτα μέντοι προυκαλύψατ᾽ ὄμματα

λευκήν τ᾽ ἀπέστρεψ᾽ ἔμπαλιν παρηίδα,

παίδων μυσαχθεῖσ᾽ εἰσόδους. πόσις δὲ σὸς

ὀργάς τ᾽ ἀφήρει καὶ χόλον νεάνιδος,   1150

λέγων τάδ᾽· Οὐ μὴ δυσμενὴς ἔσῃ φίλοις,

παύσῃ δὲ θυμοῦ καὶ πάλιν στρέψεις κάρα,

φίλους νομίζουσ᾽ οὕσπερ ἂν πόσις σέθεν,

δέξῃ δὲ δῶρα καὶ παραιτήσῃ πατρὸς

φυγὰς ἀφεῖναι παισὶ τοῖσδ᾽ ἐμὴν χάριν;   1155

그녀가 그 선물을 보자,

지체 없이 요청을 받아들였지요.

아이들과 그 아버지가 집에서

멀어지기도 전에, 오색찬란한 옷을 입고,

황금 머리띠를 머리에 얹고,   1160

빛나는 거울 앞에서

머리를 매만지고, 미소 지으며

자신의 모습을 바라보았어요.

의자에서 일어서서는,

선물이 너무 좋아 어쩔 줄 몰라 하며,

발뒤꿈치를 돌아보며,   1165

하얀 발을 사뿐사뿐,

방안을 두루 거닐었죠.

ἡ δ᾽, ὡς ἐσεῖδε κόσμον, οὐκ ἠνέσχετο,

ἀλλ᾽ ἤνεσ᾽ ἀνδρὶ πάντα, καὶ πρὶν ἐκ δόμων

μακρὰν ἀπεῖναι πατέρα καὶ παῖδας σέθεν

λαβοῦσα πέπλους ποικίλους ἠμπέσχετο,

χρυσοῦν τε θεῖσα στέφανον ἀμφὶ βοστρύχοις   1160

λαμπρῷ κατόπτρῳ σχηματίζεται κόμην,

ἄψυχον εἰκὼ προσγελῶσα σώματος.

κἄπειτ᾽ ἀναστᾶσ᾽ ἐκ θρόνων διέρχεται

στέγας, ἁβρὸν βαίνουσα παλλεύκῳ ποδί,

δώροις ὑπερχαίρουσα, πολλὰ πολλάκις   1165

τένοντ᾽ ἐς ὀρθὸν ὄμμασι σκοπουμένη.

그 다음 순간 끔찍한 광경이 벌어졌소.

갑자기 안색이 변하며,

사지를 떨며 뒤로 넘어가려 했는데,

바닥에 넘어지기 직전

가까스로 의자에 주저앉았지요.   1170

그러자 한 나이 많은 하녀가,

판 신이나 다른 신의 영이 임한 것이라 생각하며,

환호하며 신의 이름을 외쳐 불렀죠.

잠시 후 입에 흰 거품을 물고,

눈알이 돌아가고,

얼굴이 핏기 없이 창백해지자   1175

그 외침이 비명소리로 바뀌었죠.

즉시 한 하인은 그녀의 아버지 집으로,

다른 하인은 새 신랑에게로,

신부의 불행을 알리러 달려갔죠.

달리는 발소리에 온 집이 진동했어요.   1180

τοὐνθένδε μέντοι δεινὸν ἦν θέαμ᾽ ἰδεῖν:

χροιὰν γὰρ ἀλλάξασα λεχρία πάλιν

χωρεῖ τρέμουσα κῶλα καὶ μόλις φθάνει

θρόνοισιν ἐμπεσοῦσα μὴ χαμαὶ πεσεῖν.   1170

καί τις γεραιὰ προσπόλων, δόξασά που

ἢ Πανὸς ὀργὰς ἤ τινος θεῶν μολεῖν,

ἀνωλόλυξε, πρίν γ᾽ ὁρᾷ διὰ στόμα

χωροῦντα λευκὸν ἀφρόν, ὀμμάτων τ᾽ ἄπο

κόρας στρέφουσαν, αἷμά τ᾽ οὐκ ἐνὸν χροΐ: 1175

εἶτ᾽ ἀντίμολπον ἧκεν ὀλολυγῆς μέγαν

κωκυτόν. εὐθὺς δ᾽ ἡ μὲν ἐς πατρὸς δόμους

ὥρμησεν, ἡ δὲ πρὸς τὸν ἀρτίως πόσιν,

φράσουσα νύμφης συμφοράν: ἅπασα δὲ

στέγη πυκνοῖσιν ἐκτύπει δραμήμασιν   1180

올림픽 게임에서 달리기 선수가

잽싸게 달려 6플레트론을 달리는

십여 초의 시간이 지나자 그 가련한 여인이

의식을 차리며 눈을 뜨고 신음을 터뜨렸죠.

그러자 이중의 재앙이 덮쳐왔소.   1185

머리에 두른 황금 머리띠에서

무서운 화염이 삼킬 듯이 흘러내렸고,

그대 자식들이 전해 준 그 고운 옷은

그녀의 하얀 살갗을 파먹어 들어갔어요.

화염에 휩싸여 의자에서 벌떡 일어나   1190

달아나며, 머리를 이러 저리 흔들어대며

그 머리띠를 떨쳐버리려 했지요.

그렇지만 꼼짝 않고 붙어서,

머리를 흔들수록 불은 두 배로 세게 타올랐어요.

재앙에 휩싸인 채 바닥에 쓰러졌고,   1195

그녀의 아버지 외에는 아무도

알아볼 수 없을 정도가 되어 버렸지요.

ἤδη δ᾽ ἑλίσσων κῶλον ἐκπλέθρου δρόμου

ταχὺς βαδιστὴς τερμόνων ἂν ἥπτετο,

ὅτ᾽ ἐξ ἀναύδου καὶ μύσαντος ὄμματος

δεινὸν στενάξασ᾽ ἡ τάλαιν᾽ ἠγείρετο.

διπλοῦν γὰρ αὐτῇ πῆμ᾽ ἐπεστρατεύετο: 1185

χρυσοῦς μὲν ἀμφὶ κρατὶ κείμενος πλόκος

θαυμαστὸν ἵει νᾶμα παμφάγου πυρός,

πέπλοι δὲ λεπτοί, σῶν τέκνων δωρήματα,

λευκὴν ἔδαπτον σάρκα τῆς δυσδαίμονος.

φεύγει δ᾽ ἀναστᾶσ᾽ ἐκ θρόνων πυρουμένη,   1190

σείουσα χαίτην κρᾶτά τ᾽ ἄλλοτ᾽ ἄλλοσε,

ῥῖψαι θέλουσα στέφανον: ἀλλ᾽ ἀραρότως

σύνδεσμα χρυσὸς εἶχε, πῦρ δ᾽, ἐπεὶ κόμην

ἔσεισε, μᾶλλον δὶς τόσως ἐλάμπετο.

πίτνει δ᾽ ἐς οὖδας συμφορᾷ νικωμένη,   1195

πλὴν τῷ τεκόντι κάρτα δυσμαθὴς ἰδεῖν:

눈과 고운 얼굴이 형체도 모르게 되었고,
머리 꼭대기부터 피가 흘러 불과 뒤섞이고,
소나무 껍질이 벗겨지듯,
보이지 않는 독이빨이
살을 물어 뜯어놨어요.   1200
정말 끔찍한 광경이었어요.
그 광경을 지켜본 까닭에,
공포에 질려 아무도
시신을 만지려 하지 않았어요.

그런데 그녀의 불쌍한 아버지는,
그 끔찍했던 광경을 보지 못했기에,
방으로 들어오자마자 덥석 시체 위에 엎어져   1205
큰 소리로 통곡하며 포옹하고 입 맞추었지요.
그리고 이렇게 소리쳤어요.

οὔτ᾽ ὀμμάτων γὰρ δῆλος ἦν κατάστασις
οὔτ᾽ εὐφυὲς πρόσωπον, αἷμα δ᾽ ἐξ ἄκρου
ἔσταζε κρατὸς συμπεφυρμένον πυρί,
σάρκες δ᾽ ἀπ᾽ ὀστέων ὥστε πεύκινον δάκρυ   1200
γνάθοις ἀδήλοις φαρμάκων ἀπέρρεον,
δεινὸν θέαμα· πᾶσι δ᾽ ἦν φόβος θιγεῖν
νεκροῦ· τύχην γὰρ εἴχομεν διδάσκαλον.
πατὴρ δ᾽ ὁ τλήμων συμφορᾶς ἀγνωσίᾳ
ἄφνω παρελθὼν δῶμα προσπίτνει νεκρῷ.   1205
ᾤμωξε δ᾽ εὐθὺς καὶ περιπτύξας χέρας
κυνεῖ προσαυδῶν τοιάδ᾽· "Ὦ" δύστηνε παῖ,

"오, 불쌍한 아이, 어떤 신이
너를 이토록 처참하게 죽이고,
무덤 같은 늙은 내게서
너를 빼앗아갔단 말인가?
오, 애야, 너와 함께 죽고 싶구나!"   1210
울음과 탄식을 거두고 일어서려는데,
담쟁이덩굴이 월계수 가지에 붙듯이
그의 몸이 그 고운 옷에 달라붙어 버렸답니다.
안간힘을 쓰며 무릎을 바쳐 일어서려니
그녀의 몸과 붙어 떨어지지 않았죠.   1215
억지로 더 힘을 주면 그의 늙은 살갗이
떨어져 나갈 지경이 되었고,
마침내 포기하고 숨을 거두었어요,
그 재앙을 더 이상 버틸 수 없었기 때문이지요.
늙은 아버지와 딸이 죽어 함께 누웠으니,   1220
눈물겨운 불행이 아닐 수 없지요.

τίς σ᾽ ὧδ᾽ ἀτίμως δαιμόνων ἀπώλεσεν;

τίς τὸν γέροντα τύμβον ὀρφανὸν σέθεν

τίθησιν; οἴμοι, συνθάνοιμί σοι, τέκνον.　　　　　1210

ἐπεὶ δὲ θρήνων καὶ γόων ἐπαύσατο,

χρῄζων γεραιὸν ἐξαναστῆσαι δέμας

προσείχεθ᾽ ὥστε κισσὸς ἔρνεσιν δάφνης

λεπτοῖσι πέπλοις, δεινὰ δ᾽ ἦν παλαίσματα·

ὁ μὲν γὰρ ἤθελ᾽ ἐξαναστῆσαι γόνυ,　　　　　1215

ἡ δ᾽ ἀντελάζυτ᾽· εἰ δὲ πρὸς βίαν ἄγοι,

σάρκας γεραιὰς ἐσπάρασσ᾽ ἀπ᾽ ὀστέων.

χρόνῳ δ᾽ ἀπέστη καὶ μεθῆχ᾽ ὁ δύσμορος

ψυχήν· κακοῦ γὰρ οὐκέτ᾽ ἦν ὑπέρτερος.

κεῖνται δὲ νεκροὶ παῖς τε καὶ γέρων πατὴρ　　　1220

[πέλας, ποθεινὴ δακρύοισι συμφορά].

메데이아 그대의 운명에 대해선,

내 말하지 않겠소.

곧 닥칠 처벌이니 알게 될 것이오.

내 평소에 그리 생각해 온 바,

우리 필멸의 존재인 인간에게

삶이란 그림자에 불과한 것이라오.

아무 거리낌 없이 내 말 하리다.

스스로 현명하다 여기고,   1225

혀를 놀려대는 자들은

가장 큰 죄를 짓는 것이오.

그리고 이 세상에는 복되다 할 만한 사람은 없어요.

부귀가 굴러들어오는 사람도

행운을 잡을 수는 있지만,

결코 복되다 할 수 없지요.   1230

καί μοι τὸ μὲν σὸν ἐκποδὼν ἔστω λόγου·

γνώσῃ γὰρ αὐτὴ ζημίας ἐπιστροφήν.

τὰ θνητὰ δ᾽ οὐ νῦν πρῶτον ἡγοῦμαι σκιάν,

οὐδ᾽ ἂν τρέσας εἴποιμι τοὺς σοφοὺς βροτῶν 1225

δοκοῦντας εἶναι καὶ μεριμνητὰς λόγων

τούτους μεγίστην μωρίαν ὀφλισκάνειν.

θνητῶν γὰρ οὐδείς ἐστιν εὐδαίμων ἀνήρ·

ὄλβου δ᾽ ἐπιρρυέντος εὐτυχέστερος

ἄλλου γένοιτ᾽ ἂν ἄλλος, εὐδαίμων δ᾽ ἂν οὔ. 1230

코로스:

오늘 운명이 이아손 님에게

재앙을 붙이시는데, 정당한 것이지요.

오, 불쌍한 공주님,

크레온 왕의 딸에게 연민을 표하오.

이아손 님과의 결혼 때문에

죽음의 집 하데스로 떠나갔구나!　　　　　　1235

메데이아:

여러분, 내 결심은 확고합니다.

가능한 빨리 아이들을 죽이고

이 땅을 떠날 것입니다.

미적거리다가, 덜 호의적인 손에

아이들이 죽도록 해서는 안 되죠.

반드시 죽어야 하는데, 그러하다면　　　　　1240

그들을 낳은 이 어미의 손으로 해야지요.

Χορός

ἔοιχ᾽ ὁ δαίμων πολλὰ τῇδ᾽ ἐν ἡμέρᾳ

κακὰ ξυνάπτειν ἐνδίκως Ἰάσονι.

[ὦ τλῆμον, ὥς σου συμφορὰς οἰκτίρομεν,

κόρη Κρέοντος, ἥτις εἰς Ἅιδου δόμους

οἴχῃ γάμων ἕκατι τῶν Ἰάσονος.]   1235

Μήδεια

φίλαι, δέδοκται τοὔργον ὡς τάχιστά μοι

παῖδας κτανούσῃ τῆσδ᾽ ἀφορμᾶσθαι χθονός,

καὶ μὴ σχολὴν ἄγουσαν ἐκδοῦναι τέκνα

ἄλλῃ φονεῦσαι δυσμενεστέρᾳ χερί.

πάντως σφ᾽ ἀνάγκη κατθανεῖν· ἐπεὶ δὲ χρή,   1240

ἡμεῖς κτενοῦμεν οἵπερ ἐξεφύσαμεν.

자, 마음이여, 단단히 무장하라!

반드시 행해야 하는 그 끔찍한 일을

왜 미적거리고 있지?

자, 불쌍한 손이여, 칼을 들어라,

고통스런 목표를 향해 출발하라. 1245

약해져선 안 돼,

아이들을 사랑하는 마음도,

아이 엄마라는 생각도 모두 버려야 해.

이 하루 동안만은 잊어,

나중에 실컷 애도해.

네가 죽이더라도, 사랑스런 네 자식들이니.

오, 나는 정녕 불행한 여인이로다! 1250

(메데이아가 집으로 들어간다.)

ἀλλ᾿ εἶ᾿ ὁπλίζου, καρδία· τί μέλλομεν

τὰ δεινὰ κἀναγκαῖα μὴ πράσσειν κακά;

ἄγ᾿, ὦ τάλαινα χεὶρ ἐμή, λαβὲ ξίφος,

λάβ᾿, ἕρπε πρὸς βαλβῖδα λυπηρὰν βίου,   1245

καὶ μὴ κακισθῇς μηδ᾿ ἀναμνησθῇς τέκνων,

ὡς φίλταθ᾿, ὡς ἔτικτες, ἀλλὰ τήνδε γε

λαθοῦ βραχεῖαν ἡμέραν παίδων σέθεν

κἄπειτα θρήνει· καὶ γὰρ εἰ κτενεῖς σφ᾿, ὅμως

φίλοι γ᾿ ἔφυσαν· δυστυχὴς δ᾿ ἐγὼ γυνή.   1250

코로스:

대지의 신 가이아여,

만물을 비추는 태양신 헬리오스여,

끔찍한 살인의 손이

아이들에게 뻗치기 전에,

이 파멸의 여인을 굽어보소서!

그녀는 그대의 황금 같은 신성한 피를

받아 태어났고, 또 그 피를 받은 아이들의   1255

신성한 피가 땅에 뿌려지는 불경한 일이

일어날까 두렵습니다.

오, 제우스 신에게서 난 헬리오스여,

그녀의 손을 붙잡아 막아주소서,

잔인하고 살인적인 복수의 여신을

이 집에서 몰아내주소서.   1260

Χορός

ἰὼ Γᾶ τε καὶ παμφαὴς

ἀκτὶς Ἀλίου, κατίδετ᾽ ἴδετε τὰν

ὀλομέναν γυναῖκα, πρὶν φοινίαν

τέκνοις προσβαλεῖν χέρ᾽ αὐτοκτόνον·

σᾶς γὰρ χρυσέας ἀπὸ γονᾶς   1255

ἔβλαστεν, θεοῦ δ᾽ αἷμα <χαμαὶ> πίτνειν

φόβος ὑπ᾽ ἀνέρων.

ἀλλά νιν, ὦ φάος διογενές, κάτειρ-

γε κατάπαυσον, ἔξελ᾽ οἴκων τάλαι-

ναν φονίαν τ᾽ Ἐρινὺν ὑπαλαστόρων.   1260

허사로다, 자식을 위한 수고도,

허사로다, 자식을 낳은 고통도.

죽음을 무릅쓰고,

바위 암초 쉼플레가데스를 넘어

저 험난한 해협을 건너 온 그대여,

가련한 여인이여,

왜 분노가 당신 마음을 그토록 짓누르며,   1265

잔인한 살의가 잇따라 엄습하오?

혈육살해는 엄중한 죄이니

가혹한 대가를 치를 것이며,

혈육을 살해한 자는 신의 보복이

온통 그 집안에 떨어진다오.   1270

(집 안에서 외치는 소리가 들린다.)

한 아이 (목소리):

오, 살려줘요!

Χορός

μάταν μόχθος ἔρρει τέκνων,

μάταν ἄρα γένος φίλιον ἔτεκες, ὦ

κυανεᾶν λιποῦσα Συμπληγάδων

πετρᾶν ἀξενωτάταν ἐσβολάν.

δειλαία, τί σοι φρενοβαρὴς   1265

χόλος προσπίτνει καὶ ζαμενὴς <φόνου>

φόνος ἀμείβεται;

χαλεπὰ γὰρ βροτοῖς ὁμογενῆ μιά-

σματ᾽, ἕπεται δ᾽ ἅμ᾽ αὐτοφόνταις ξυνῳ-

δὰ θεόθεν πίτνοντ᾽ ἐπὶ δόμοις ἄχη.   1270

<Παῖς>

(ἔσωθεν)

ἰώ μοι.

코로스:

저 소리가 들리나요, 아이들의 저 소리?

비참하고도 불운한 여인이여!

아이 1(목소리):

오, 어떡하지,

어머니의 손을 어떻게 피하지?

아이 2(목소리):

동생아, 모르겠어. 우린 끝장이야!

코로스:

집 안으로 들어갈까요?

아이들을 죽음에서 구해야겠어요.   1275

아이 1(목소리):

제발, 신이시여, 도와주세요,

지금 당장 도움이 필요해요!

Χορός

ἀκούεις βοὰν ἀκούεις τέκνων;

ἰὼ τλᾶμον, ὦ κακοτυχὲς γύναι.

Παῖς α

οἴμοι, τί δράσω; ποῖ φύγω μητρὸς χέρας;

παις β

οὐκ οἶδ᾽, ἄδελφε φίλτατ᾽· ὀλλύμεσθα γάρ.

Χορός

παρέλθω δόμους; ἀρῆξαι φόνον δοκεῖ μοι τέκνοις.   1275

Παῖς α

ναί, πρὸς θεῶν, ἀρήξατ᾽· ἐν δέοντι γάρ.

아이 2(목소리):
이미 칼의 덫이 가까이 왔어요!

코로스:
참담하도다, 그대의 심장은
돌 아니면 쇠인가 보오.   1280
제 몸에서 난 자식을
제 손으로 죽이다니!

옛날에 제 자식에게 손을 댄,
딱 한 명의 여자가 있다고 들었어요.
신들에 의해 미쳐버린 이노가,
제우스 신의 아내 헤라의 질투로
집에서 쫓겨나 떠돌 때 그랬대요.   1285
불운한 이노는 바다로 몸을 던지며,
그녀의 아이들에게 불경한 죽음을
안겨주었지요.
바닷가 절벽 끝에서 발을 뻗치며,
두 아이와 함께 죽음을 맞았지요.

Παῖς β

ὡς ἐγγὺς ἤδη γ᾿ ἐσμὲν ἀρκύων ξίφους.

Χορός

τάλαιν᾿, ὡς ἄρ᾿ ἦσθα πέτρος ἢ σίδαρος, ἅτις τέκνων   1280
ὃν ἔτεκες ἄροτον αὐτόχειρι μοίρᾳ κτενεῖς.

Χορός

μίαν δὴ κλύω μίαν τῶν πάρος
γυναῖκ᾿ ἐν φίλοις χέρα βαλεῖν τέκνοις,
Ἰνὼ μανεῖσαν ἐκ θεῶν, ὅθ᾿ ἡ Διὸς
δάμαρ νιν ἐξέπεμψε δωμάτων ἄλαις·   1285
πίτνει δ᾿ ἁ τάλαιν᾿ ἐς ἅλμαν φόνῳ τέκνων δυσσεβεῖ,
ἀκτῆς ὑπερτείνασα ποντίας πόδα,
δυοῖν τε παίδοιν συνθανοῦσ᾿ ἀπόλλυται.

무엇이 이보다 더 끔찍하겠소?   1290
여인들의 고통으로 가득 찬 결혼 침상이
인간들에게 수많은 슬픔을 주었도다.

(이아손이 급히 들어온다.)

이아손:
이 집 앞에 서 있는 여인들이여,
끔찍한 짓을 저지른 메데이아가
지금 안에 있소, 아니면 달아났소?   1295
왕가의 보복을 피하려면
땅 속으로 숨어버리거나
날개를 타고 하늘로 높이 솟아
올라가버려야 할 것이오.
이 땅의 통치자들을 죽여 놓고
무사히 이 집에서 달아날 것이라
생각하는가?   1300

τί δῆτ᾽ οὐ γένοιτ᾽ ἂν ἔτι δεινόν; ὦ γυναικῶν λέχος   1290
πολύπονον, ὅσα βροτοῖς ἔρεξας ἤδη κακά.

Ἰάσων

γυναῖκες, αἳ τῆσδ᾽ ἐγγὺς ἔστατε στέγης,
ἆρ᾽ ἐν δόμοισιν ἡ τὰ δείν᾽ εἰργασμένη
Μήδεια τοισίδ᾽ ἢ μεθέστηκεν φυγῇ;   1295
δεῖ γάρ νιν ἤτοι γῆς γε κρυφθῆναι κάτω
ἢ πτηνὸν ἆραι σῶμ᾽ ἐς αἰθέρος βάθος,
εἰ μὴ τυράννων δώμασιν δώσει δίκην.
πέποιθ᾽ ἀποκτείνασα κοιράνους χθονὸς
ἀθῷος αὐτὴ τῶνδε φεύξεσθαι δόμων;   1300

내가 걱정하는 건 그녀가 아니라

내 아이들이오.

그녀가 저지른 악행은 피해자들이

보복을 할 것이나,

나는 내 아이들의 목숨을 구하려고

이렇게 왔소.

그 어미의 무도한 악행을 보복하기 위해

왕가의 사람들이 아이들에게

해를 입히지 못하도록 말이오.   1305

코로스:

이아손 님, 그대의 불행이 얼마나 깊이

뻗쳤는지 모르시군요. 아신다면,

그런 말씀은 안 하실 텐데.

이아손:

무슨 소리요?

나까지도 죽이고자 한단 말이오?

ἀλλ᾽ οὐ γὰρ αὐτῆς φροντίδ᾽ ὡς τέκνων ἔχω:

κείνην μὲν οὓς ἔδρασεν ἔρξουσιν κακῶς,

ἐμῶν δὲ παίδων ἦλθον ἐκσώσων βίον,

μή μοί τι δράσωσ᾽ οἱ προσήκοντες γένει,

μητρῷον ἐκπράσσοντες ἀνόσιον φόνον.   1305

Χορός

ὦ τλῆμον, οὐκ οἶσθ᾽ οἷ κακῶν ἐλήλυθας,

Ἰᾶσον: οὐ γὰρ τούσδ᾽ ἂν ἐφθέγξω λόγους.

Ἰάσων

τί δ᾽ ἔστιν; οὔ που κἄμ᾽ ἀποκτεῖναι θέλει;

코로스:

그대의 아이들은 죽었어요,

그 어미의 손에 살해되었다고요.

이아손:

무슨 소리요?

여인이여, 그대가 날 죽이는구려.　　　　　　　　1310

코로스:

그대의 아이들은 더 이상

이 땅에 없단 말입니다.

이아손:

대체 어디에서 죽였단 말이오,

집 안이오, 밖이오?

코로스:

문을 여시면

죽은 아이들을 보시게 될 것입니다.

Χορός

παῖδες τεθνᾶσι χειρὶ μητρῷα σέθεν.

Ἰάσων

οἴμοι, τί λέξεις; ὥς μ᾽ ἀπώλεσας, γύναι.   1310

Χορός

ὡς οὐκέτ᾽ ὄντων σῶν τέκνων φρόντιζε δή.

Ἰάσων

ποῦ γάρ νιν ἔκτειν᾽; ἐντὸς ἢ 'ξωθεν δόμων;

Χορός

πύλας ἀνοίξας σῶν τέκνων ὄψῃ φόνον.

(이아손이 하인들을 향하며 말한다.)

이아손:

이보게, 즉시 저 빗장을 벗기게!

내가 이중의 험악한 장면을 보도록 말일세,

죽은 아이들의 처참한 모습과

그들을 죽인 여자의 참담한 모습을 보게 말이오.　　　　　1315

그리고 이 아이들의 죽음에 응당한

복수를 하도록 어서 문을 여시오!

(사람들이 문으로 달려가는데,

죽은 아이들의 시체를 실은,

용이 끄는 수레를 타고

메데이아가 하늘을 날아온다.)

Ἰάσων

χαλᾶτε κλῇδας ὡς τάχιστα, πρόσπολοι,

ἐκλύεθ᾽ ἁρμούς, ὡς ἴδω διπλοῦν κακόν,   1315

τοὺς μὲν θανόντας, τὴν δὲ <δράσασαν τάδε,

φόνου τε παίδων τῶνδε>1 τείσωμαι δίκην.

메데이아:

당신은 왜 문을 흔들며 빗장을 열려고 하오?

시신과 일을 저지른 나를 찾고 있소?

괜한 헛수고 하지 마시고,

내가 필요하다면, 말해 보세요.

당신 손은 나를 잡지 못할 거요.　　　　　　　　　　　1320

나의 할아버지 헬리오스 신께서

적의 손을 막고자 이 수레를 주셨다오.

이아손:

오, 증오스런 인간,

신과 나와 모든 인간에게 혐오스런 여자여,

제 자식들을 칼로 쳐 죽이고,　　　　　　　　　　　　1325

내게서 자식을 빼앗음으로

나를 파멸시키는구나!

이런 짓을 하고도, 이런 가장 불경한 일을

저지르고도 어찌 땅과 햇빛을 본단 말이오?

죽어 없어져라! 전에는 몰랐지만, 이제 알겠구려.

Μήδεια

τί τάσδε κινεῖς κἀναμοχλεύεις πύλας,

νεκροὺς ἐρευνῶν κἀμὲ τὴν εἰργασμένην;

παῦσαι πόνου τοῦδ᾽. εἰ δ᾽ ἐμοῦ χρείαν ἔχεις,

λέγ᾽ εἴ τι βούλῃ, χειρὶ δ᾽ οὐ ψαύσεις ποτέ·   1320

τοιόνδ᾽ ὄχημα πατρὸς Ἥλιος πατὴρ

δίδωσιν ἡμῖν, ἔρυμα πολεμίας χερός.

Ἰάσων

ὦ μῖσος, ὦ μέγιστον ἐχθίστη γύναι

θεοῖς τε κἀμοὶ παντί τ᾽ ἀνθρώπων γένει,

ἥτις τέκνοισι σοῖσιν ἐμβαλεῖν ξίφος   1325

ἔτλης τεκοῦσα κἄμ᾽ ἄπαιδ᾽ ἀπώλεσας.

καὶ ταῦτα δράσασ᾽ ἥλιόν τε προσβλέπεις

καὶ γαῖαν, ἔργον τλᾶσα δυσσεβέστατον;

ὄλοι᾽. ἐγὼ δὲ νῦν φρονῶ, τότ᾽ οὐ φρονῶν,

야만인들의 나라에서 헬라스 땅으로   1330
당신을 데려왔을 때, 당신을 길러준 나라와
아버지를 배신한 당신은 큰 재앙 덩어리였어!
신들께서 당신이 져야 할 복수의 영을
내게 지우신 것이오.

자태도 아름다운 그 아르고 호에 오르기 전,
당신은 고향에서 자신의 혈육인 오라비를
죽였기 때문이오.   1335
그게 바로 저주의 시작이었소.
그 후에 나와 결혼해서 자식을 낳더니,
결혼 침상의 문제로 아이들을 죽여 버렸소.
어떤 헬라스 여인들도
그런 끔찍한 짓을 하지는 못할 것이오.
그런데 그런 여자들을 두고
당신을 선택했는데, 그건 증오스런   1340
파멸의 결혼이었구려.

ὅτ' ἐκ δόμων σε βαρβάρου τ' ἀπὸ χθονὸς   1330

Ἕλλην' ἐς οἶκον ἠγόμην, κακὸν μέγα,

πατρός τε καὶ γῆς προδότιν ἥ σ' ἐθρέψατο.

τὸν σὸν δ' ἀλάστορ' εἰς ἔμ' ἔσκηψαν θεοί:

κτανοῦσα γὰρ δὴ σὸν κάσιν παρέστιον

τὸ καλλίπρῳρον εἰσέβης Ἀργοῦς σκάφος.   1335

ἤρξω μὲν ἐκ τοιῶνδε: νυμφευθεῖσα δὲ

παρ' ἀνδρὶ τῷδε καὶ τεκοῦσά μοι τέκνα,

εὐνῆς ἕκατι καὶ λέχους σφ' ἀπώλεσας.

οὐκ ἔστιν ἥτις τοῦτ' ἂν Ἑλληνὶς γυνὴ

ἔτλη ποθ', ὧν γε πρόσθεν ἠξίουν ἐγὼ   1340

γῆμαι σέ, κῆδος ἐχθρὸν ὀλέθριόν τ' ἐμοί,

당신은 여자가 아니라 암사자요,
튀르세니아 땅의 괴물 스퀼라보다
더 잔악한 괴물이오.
수만 가지 악담을 퍼부어도
눈 하나 깜짝하지 않을 뻔뻔한 인간,   1345
꺼져 버려! 제 자식을 죽인 무자비한 인간!
내 운명을 슬퍼하는 것이 나의 몫.
새 신부를 맞은 것도 허사요,
내가 낳아 기른 아이들도 잃어버렸으니,
말을 걸 아이들도 없는 신세로다.   1350

메데이아:
당신의 말에 답하자면 말이 길 터인데,
아버지 제우스께서는 잘 알고 계시죠.
내가 당신에게 어떻게 해 주었으며,
당신이 나에게 어떻게 갚았는지 말이오.

λέαιναν, οὐ γυναῖκα, τῆς Τυρσηνίδος

Σκύλλης ἔχουσαν ἀγριωτέραν φύσιν.

ἀλλ᾽ οὐ γὰρ ἄν σε μυρίοις ὀνείδεσιν

δάκοιμι: τοιόνδ᾽ ἐμπέφυκέ σοι θράσος: 1345

ἔρρ᾽, αἰσχροποιὲ καὶ τέκνων μιαιφόνε.

ἐμοὶ δὲ τὸν ἐμὸν δαίμον᾽ αἰάζειν πάρα,

ὃς οὔτε λέκτρων νεογάμων ὀνήσομαι,

οὐ παῖδας οὓς ἔφυσα κἀξεθρεψάμην

ἔξω προσειπεῖν ζῶντας ἀλλ᾽ ἀπώλεσα.   1350

Μήδεια

μακρὰν ἂν ἐξέτεινα τοῖσδ᾽ ἐναντίον

λόγοισιν, εἰ μὴ Ζεὺς πατὴρ ἠπίστατο

οἷ᾽ ἐξ ἐμοῦ πέπονθας οἷά τ᾽ εἰργάσω:

결혼 맹세를 저버리고, 나를 조롱거리로

만들며 당신 자신은 즐겁게 살 수 없죠.　　　　1355

결혼을 종용한 크레온과 공주가

나를 추방하고도 처벌받지 않을 수 없죠.

나를 암사자라 부르든,

튀르세니아의 바위 언덕에 사는 스퀼라라

부르든 마음대로 하세요.

당신의 심장을 가격하는 건 인과응보니까요.　　　1360

이아손:

당신도 고통스러워하며

나와 불행을 함께 하고 있소.

메데이아:

잘 알아두세요. 당신이 나를 조롱하지 않으면

고통은 사라진답니다.

이아손:

애들아, 너희들은 사악한 어미를 만났구나.

σὺ δ᾽ οὐκ ἔμελλες τἄμ᾽ ἀτιμάσας λέχη

τερπνὸν διάξειν βίοτον ἐγγελῶν ἐμοὶ   1355

οὐδ᾽ ἡ τύραννος, οὐδ᾽ ὅ σοι προσθεὶς γάμους

Κρέων ἀνατεὶ τῆσδέ μ᾽ ἐκβαλεῖν χθονός.

πρὸς ταῦτα καὶ λέαιναν, εἰ βούλῃ, κάλει

καὶ Σκύλλαν ἣ Τυρσηνὸν ᾤκησεν πέτραν·

τῆς σῆς γὰρ ὡς χρῆν καρδίας ἀνθηψάμην.   1360

Ἰάσων

καὐτή γε λυπῇ καὶ κακῶν κοινωνὸς εἶ.

Μήδεια

σάφ᾽ ἴσθι· λύει δ᾽ ἄλγος, ἢν σὺ μὴ 'γγελᾷς.

Ἰάσων

ὦ τέκνα, μητρὸς ὡς κακῆς ἐκύρσατε.

메데이아:

애들아, 아비의 악행으로 너희가 죽었단다.

이아손:

애들을 죽인 건 분명 내 손이 아니야.　　　　　　1365

메데이아:

당신의 오만함과 새장가가 그랬죠.

이아손:

새장가 때문에 아이들을 죽인단 말이오?

메데이아:

그것이 여자에게 사소한 것이라 생각하오?

이아손:

현명한 여자에게는 그렇지만,

당신은 만사를 악하게만 바라본다오.

Μήδεια

ὦ παῖδες, ὡς ὤλεσθε πατρῴα νόσῳ.

Ἰάσων

οὔτοι νιν ἡμὴ δεξιά γ᾽ ἀπώλεσεν.   1365

Μήδεια

ἀλλ᾽ ὕβρις οἵ τε σοὶ νεοδμῆτες γάμοι.

Ἰάσων

λέχους σφε κἠξίωσας οὕνεκα κτανεῖν;

Μήδεια

σμικρὸν γυναικὶ πῆμα τοῦτ᾽ εἶναι δοκεῖς;

Ἰάσων

ἥτις γε σώφρων· σοὶ δὲ πάντ᾽ ἐστὶν κακά.

메데이아:

애들은 이미 죽었어요.

이것은 당신을 고통스럽게 만들 것이오.   1370

이아손:

오, 슬프도다. 애들이 당신의 악행을

응징하러 올 것이오.

메데이아:

누가 이 고통을 불러들였는지

신들은 아시죠.

이아손:

그렇지, 신들은 당신의 그 악한 마음을 아시지.

메데이아:

계속 증오하시오!

당신의 악담이 혐오스럽군요.

Μήδεια

οἶδ᾽ οὐκέτ᾽ εἰσί: τοῦτο γάρ σε δήξεται.

Ἰάσων

οἶδ᾽ εἰσίν, οἴμοι, σῷ κάρᾳ μιάστορες.

Μήδεια

ἴσασιν ὅστις ἦρξε πημονῆς θεοί.

Ἰάσων

ἴσασι δῆτα σήν γ᾽ ἀπόπτυστον φρένα.

Μήδεια

στύγει: πικρὰν δὲ βάξιν ἐχθαίρω σέθεν.

이아손:

나도 역시 그렇소.

그러니 헤어지기가 수월하겠구려.　　　　　　　　　　　1375

메데이아:

어떻게? 무엇을 해드릴까요?

나 역시 헤어지는 게 소원인데.

이아손:

내가 아이들을 묻어주고 애도하게 해 주오.

메데이아:

안 돼요. 아크로코린토스 성전의

헤라 여신께 데려가 내 손으로

그들을 묻어줄 것이오.

Ἰάσων

καὶ μὴν ἐγὼ σήν: ῥᾴδιοι δ᾽ ἀπαλλαγαί. 1375

Μήδεια

πῶς οὖν; τί δράσω; κάρτα γὰρ κἀγὼ θέλω.

Ἰάσων

θάψαι νεκρούς μοι τούσδε καὶ κλαῦσαι πάρες.

Μήδεια

οὐ δῆτ᾽, ἐπεί σφας τῇδ᾽ ἐγὼ θάψω χερί,

φέρουσ᾽ ἐς Ἥρας τέμενος Ἀκραίας θεοῦ,

나의 원수들이 무덤을 파헤쳐

능욕하지 못하게요.   1380

그리고 이 불경한 살해를 씻기 위해,

이 시쉬포스의 땅 코린토스에서

신성한 제의와 축제를 열게 할 것이오.

나는 판디온의 아들 아이게우스의 땅

아테나이로 갈 것이오.   1385

그러나 인과응보이지만,

당신은 나와 결혼한 대가로

비참한 종말을 보고,

아르고 호의 파편에 깔려

비참하게 죽는 운명이오.

이아손:

아이들의 죽음을 보복하는 복수의 여신과

핏값을 치르시는 정의의 여신 디케께서

당신을 죽일 것이오.   1390

ὡς μή τις αὐτοὺς πολεμίων καθυβρίσῃ   1380

τύμβους ἀνασπῶν· γῇ δὲ τῇδε Σισύφου

σεμνὴν ἑορτὴν καὶ τέλη προσάψομεν

τὸ λοιπὸν ἀντὶ τοῦδε δυσσεβοῦς φόνου.

αὐτὴ δὲ γαῖαν εἶμι τὴν Ἐρεχθέως,

Αἰγεῖ συνοικήσουσα τῷ Πανδίονος.   1385

σὺ δ᾽, ὥσπερ εἰκός, κατθανῇ κακὸς κακῶς,

Ἀργοῦς κάρα σὸν λειψάνῳ πεπληγμένος,

πικρὰς τελευτὰς τῶν ἐμῶν γάμων ἰδών.

Ἰάσων

ἀλλά σ᾽ Ἐρινὺς ὀλέσειε τέκνων

φονία τε Δίκη.   1390

메데이아:

거짓 맹세를 하고 환대하는 친구를
배반하는 당신에게 어떤 신이,
어떤 영이 귀를 기울이겠소?

이아손:

참람하고, 참람하도다.
자식을 살해한 불경한 여자여!

메데이아:

집에 가서 신부나 묻어주시오.

이아손:

두 아들을 잃고 나는 가오.   1395

메데이아:

애도의 길은 아직 멀었어요.
늙을 때까지 두고두고 슬퍼하시오.

Μήδεια

τίς δὲ κλύει σοῦ θεὸς ἢ δαίμων,

τοῦ ψευδόρκου καὶ ξειναπάτου;

Ἰάσων

φεῦ φεῦ, μυσαρὰ καὶ παιδολέτορ.

Μήδεια

στεῖχε πρὸς οἴκους καὶ θάπτ᾽ ἄλοχον.

Ἰάσων

στείχω, δισσῶν γ᾽ ἄμορος τέκνων.   1395

Μήδεια

οὔπω θρηνεῖς: μένε καὶ γῆρας.

이아손:

오, 사랑하는 아이들아!

메데이아:

어미에게는 사랑스런 아이들이지만,

당신에게는 아니었죠.

이아손:

그렇게 사랑스러운데 왜 죽였지?

메데이아:

당신을 파멸시키려고요.

이아손:

아, 비참한 내 신세,

사랑스런 아이들에게

입맞춤이라도 하고 싶구려.   1400

Ἰάσων

ὦ τέκνα φίλτατα.

Μήδεια

μητρί γε, σοὶ δ᾿ οὔ.

Ἰάσων

κἄπειτ᾿ ἔκανες;

Μήδεια

σέ γε πημαίνουσ᾿.

Ἰάσων

ὤμοι, φιλίου χρῄζω στόματος

παίδων ὁ τάλας προσπτύξασθαι.   1400

메데이아:

언제는 아이들을 내팽개치더니,

이제 와서 말을 걸고 다정하게 대해요?

이아손:

제발, 신들의 이름으로 부탁이오,

아이들의 부드러운 살갗을

한번 만져보게 해 주오.

메데이아:

안 돼요. 헛된 소리 그만하시오.

이아손:

오, 제우스 신이시여,   1405

저 불경한 자식 살해자,

저 암사자에게 어떤 수모를 당하고

어떻게 내팽개쳐지는지 들으셨나이까?

Μήδεια

νῦν σφε προσαυδᾷς, νῦν ἀσπάζῃ,

τότ᾽ ἀπωσάμενος.

Ἰάσων

δός μοι πρὸς θεῶν

μαλακοῦ χρωτὸς ψαῦσαι τέκνων.

Μήδεια

οὐκ ἔστι· μάτην ἔπος ἔρριπται.

Ἰάσων

Ζεῦ, τάδ᾽ ἀκούεις ὡς ἀπελαυνόμεθ᾽   1405

οἷά τε πάσχομεν ἐκ τῆς μυσαρᾶς

καὶ παιδοφόνου τῆσδε λεαίνης;

하지만 내가 할 수 있는 것은 이것이니,

통곡하며 신들께 탄원하는 것이오.　　　　　　　　1410

당신이 내 아이들을 죽이고,

이제 그 시신마저도 만지지도,

묻어주지도 못하게 하니,

신들께서 이 일의 증인이 되어 줄 것이오.

오, 내가 그 아이들을 낳지 않았더라면,

당신 손에 죽는 것을 보지 않았을 텐데!

(메데이아가 탄 수레는 하늘로 높이 올라가고,

이아손은 퇴장한다.)

ἀλλ᾽ ὁπόσον γοῦν πάρα καὶ δύναμαι

τάδε καὶ θρηνῶ κἀπιθεάζω,

μαρτυρόμενος δαίμονας ὥς μοι   1410

τέκνα κτείνασ᾽ ἀποκωλύεις

ψαῦσαί τε χεροῖν θάψαι τε νεκρούς,

οὓς μήποτ᾽ ἐγὼ φύσας ὄφελον

πρὸς σοῦ φθιμένους ἐπιδέσθαι.

코로스:

올림포스의 제우스 신은

수많은 인간사를 주관하시는데,   1415

신들은 우리의 생각을 넘어서

일을 성취하시지요.

우리가 생각하던 일은 이루어지지 않고,

우리가 생각지도 못했던 길을

보이시니 말예요.

이 이야기가 그런 것이구려.

Χορός

πολλῶν ταμίας Ζεὺς ἐν Ὀλύμπῳ,   1415

πολλὰ δ᾽ ἀέλπτως κραίνουσι θεοί·

καὶ τὰ δοκηθέντ᾽ οὐκ ἐτελέσθη,

τῶν δ᾽ ἀδοκήτων πόρον ηὗρε θεός.

τοιόνδ᾽ ἀπέβη τόδε πρᾶγμα.

에우리피데스의 여성인물 연구*

: 『메데이아』, 『헤카베』, 『박카이』에 나타난 이중성을 중심으로

1.

에우리피데스의 여성인물 가운데 『메데이아』(Μηδεια), 『헤카베』(Ἑκαβη), 그리고 『박카이』(Βακχαι)에 나타난 인물들이 본 연구의 중심으로 부각되는 이유는 무엇보다 그들의 이중적 특성(feature of ambiguity) 때문이다. 브루노 스넬(Bruno Snell)을 위시한 기존 연구들이 주로 문제적 여성, 때로는 여성혐오적 관점에 기울어 있었다면, 근자에는 헬렌 폴리(Helene Foley) 등을 중심으로 반박이 이

---

* 이 글은 『Shakespeare Review』 52-1호에 실린 글이다.

어지는 비평적 상황이다. 이에 필자는 B.C. 5세기 고전 계몽주의 시대라는 특징적 시대정신을 반영하는 연구의 필요성에 입각하여 역동적 이중성이라는 관점을 중심으로 비평적 균형을 취할 필요가 있다고 본다. 시대정신에 반영된 복합적이며 중첩적인 정치적·문화적 상황이 먼저 고려되어야 할 터인데, 그리스 비극의 무대배경과 주요인물들이 거의 반(反)아테나이, 혹은 친(親)스파르타, 친페르시아 국가나 도시와 연계되어 있으며 이들과의 교류나 헤게모니는 아테나이 민주정치의 주요 과제이거나 쟁점이었다는 사실이 주목할 만하다. 본고에서는 우선 문화의 도가니(melting pot)로서, 제사와 정치의 분리가 획정되지 않은, 신성과 인성, 이성과 신화가 공존하는 고전 계몽주의 시대를 이해하며 이 세 작품에 드러난 주요 여성인물들의 공통된 특성을 살펴볼 때, 이들은 남성 중심적(andro-centric), 이성 중심적(logo-centric) 사회에 대한 도전적 혹은 전복적 인물로서 남성적 가치를 문제시하거나 남성성에 내재한 모순을 노출시키며 새로운 지평을 지향하고 있다. 하지만 좀 더 주목해서 살펴볼 면은, 그들이 그러한 역할을 수행하는 과정에서 내비치는 광기 혹은 잔악성, 그리고 마녀성이 시대정신과 결합되어 어떻게 역동적 기제로 작동하는가 하는 점이다.

메데이아는 이아손(Ιασων)에게 목숨을 내놓을 정도로, 그녀의 부모 형제를 배반하고 심지어 형제를 살해하면서까지 헌신과 충성을 다 바쳐 도주해 왔지만, 이후 타국, 낯선 땅에서 그녀에게 강요된 현실은 너무나 냉혹했다. 코린토스의 왕녀 크레우사(Κρεουσα)와의 정략결혼을 위해 이아손은 부부의 침대를 배반하고, 이제까지 혼신을 다해 보필을 해 온 아내 메데이아를 향해 이러한 정략결혼이 메데이아 자신에게도 이득이 된다는 논리로 설득하려 하지만, 메데이아는 이러한 남성 중심적 사고를 정면으로 부정하며 도전한다. 논리적 모순에 봉착한 이아손은 결국 두 아들을 잃고 정략결혼도 실패로 돌아가며, 이로써 헌신적 사랑을 배반한 이아손에 대한 복수가 표면상으로는 성공적으로 보인다. 그런데 이러한 성공적 복수의 이면에 악녀 혹은 마녀라는 악평을 짊어진 여성으로서 메데이아의 인생역정이 암울하게 드리워져 있다. 자식살해라는 가공할 문제가 그 중심점에 놓여 있으며, 숱한 번민과 결심의 결과물인 자식살해 사건이 신성의 사제 역할을 하는 그녀의 영웅성을 보여주는 일면, 광기와 잔악성을 상징하는 모티프가 되기 때문이다.

이런 이중성은 패망한 트로이아(Τροια)의 왕녀 헤카베의 인생역정에도 아주 유사한 모습으로 투영되고 있다. 헤카베의 막내 아들 폴뤼도로스(Πολυδωρος)는 패망한 트로이아의 마지막 희망으로 남겨졌고, 이웃나라 트라키아(Θρᾳκια)에서 친구이자 손님으로 보호받고 있었다. 그런데 친구이자 주인인 트라키아 왕 폴뤼메스토르(Πολυμηστωρ)는 인륜을 배반하여 그를 살해하고 심지어 매장도 하지 않고 바닷가에 내다 버린다. 살해 동기는 폴뤼도로스가 가진 황금, 즉 보호지참금 때문인데, 트로이아는 완전히 패망하여 연기에 휩싸였고 프리아모스(Πριαμος)왕과 헥토르(Ἑκτωρ)도 이미 이 세상 사람이 아니었으므로 그들 간의 약속도 자연 무의미 하거나 무시되어도 좋은 듯했기 때문이다. 친구이자 주인의 신의를 저버리고 물욕으로 오염된 파렴치한 폴뤼메스토르를 인륜과 신성의 이름으로 처벌하는 헤카베의 복수는 메데이아의 그것과 아주 흡사하다. 그런데 악녀라는 오명을 포함해서 정의의 화신을 자처하는 이들을 향해 관객은 어떤 연민을 표하며 어떤 카타르시스를 얻었는가? 메데이아의 경우는 데우스-엑스-마키나(dues-ex-machina)의 도움으로 하늘로 승천하므로(1320~22) 어느 정도의 위로가 동반된다 하더라도, 무심하고 악마적인 세계와 마주한 헤카베의 투신자결, 끔찍한 모습으로의 변신, 개의 무덤에 묻히는 일련의 사건은 관객들의 입장에서 오히려 공포를 가중시키는 것들이다(Reckford 127~28).

아가우에(Ἀγαυη)를 포함한 박카이들을 통해서 또한 이런 공포가 유사하게 재현되고 있다. 테바이(Θηβαι)의 시조인 카드모스(Καδμος)의 외손자 펜테우스(Πενθευς)가 왕위를 계승하여 다스리던 어느 날, 자칭 신이라는 한 이방인이 등장하여 테바이 여인들을 신령한 능력으로 매료시켜 키타이론(Κιθαιρων) 산으로 인도하며, 그곳에서 비밀스런 신성한 제의를 벌이게 된다. 이 제의의 핵심은 이방인으로 인간의 모습을 하고 나타난 디오뉘소스(Διονυσος)인데, 그는 신이며 동시에 인간이고, 여성성을 대변하는 남성이며, 동양적이며 서양적인 신으로 탈남성(demasculinity), 탈경계(deliminality)적 지평의 페르소나이다. 대조적으로, 이를 추종하는 박카이들이 벌이는 산상 축제를 대립적 시각에서 훼방하거나 처벌하고자 하는 펜테우스는 지극히 남성 중심적이며 폴리스적 이성을 대변하는 인물로서, 디오뉘소스와 박카이들의 행태는 무절제하고 비이성적인 전복 행위에 지나지 않는다는 편견에 사로잡혀 있다.

예견되는 바처럼, 배타적 이성에 천착한 펜테우스의 신성모독적 사유와 행위는 그 정도를 지나쳐 결국 파멸을 맞게 되는데, 디오뉘소스 축제의 절정에서 스파라그모스(σπαραγμος) 제의의 제물로 사자새끼(1108)마냥 갈기갈기 찢겨 죽는다. 펜테우스의 어머니이자 박카이들의 인도자인 아가우에가 성스러운 축제를 모독한 자(1080~81)라는 죄목으로 자신의 아들을 자신의 맨손으로 직접 '찢어 죽인다'(스파라세인, $\sigma\pi\alpha\rho\alpha\sigma\sigma\epsilon\iota\nu$). 메데이아의 친자살해와 유사한 모티프가 재연되는데, 이는 신성의 사제로서 아가우에의 영웅적 여성성이 부각된 것으로 일상적 범주를 넘어선 신비적 광기에 사로잡힌 제의이긴 하지만 관객들의 뇌리에 엄청난 공포로 자리 잡을 것은 자명하다. 이에 우리는 이런 질문을 던질 수 있다. 작가 에우리피데스가 표출하고자 했던 여성성의 본질은 무엇인가? 좀 더 나아가, 그는 페미니스트인가 아니면 여성혐오주의자(misogynist)인가? 이러한 논제들을 분석하기 위해 우선 그것의 실마리로 대두되는 여성성의 이중성에 주목할 필요가 있는데, 이러한 이중성이 역동성의 지평에서 잉태되는 사상적 토대인 B.C. 5세기 "고전 계몽주의"(Knox 48~9)의 시대정신과 철학을 디오뉘소스적 역동성이라는 관점에서 고찰하고자 한다. 이는 또한 여성성과 젠더문제를 둘러싼 논쟁 가운데 있는 에우리피데스 비평에 관한 균형 잡힌 시각을 전개하는 지평이 될 것으로 본다.

2.

에우리피데스가 활동했던 B.C. 5세기 고전 계몽주의 시대를 고찰함에 있어, 쟝-피에르 베르낭(Jean-Pierre Vernant)이 제시한 바처럼, 신화와 이성의 역설적 교차를 우선 주목할 필요가 있다. 인간은 위대하면서 동시에 위험한 수수께끼 같은 이중적 존재이 며(121), 소피스트적 인간중심의 사유를 지향하지만 또한 그것으로 인해 파멸을 맞이하는 역설적 교차지점에서 비극의 역사성이 발견된다(88). 인간존재의 이런 이중성은 때론 역동성으로 이해 되기도 하지만 본질적으로 이해 불가한 수수께끼로 남아 여성성 을 둘러싼 문제를 고찰함에 있어서도 동일한 정도로 투영되고 있다는 점이 주목할 만하다.

고전 계몽주의 시대의 여성과 여성성에 관한 일반적 인식은 대체로 종속적 존재로서의 여성이거나 조건적 평등의 범주를 벗 어나지 못하는 여성인데(Foley 262), 이러한 계보학적 토대를 체 계화시킨 B.C. 8세기 문인 헤시오도스(Ησιοδος)의 『신의 계보』 (*Theogony*)에는 다음과 같은 신화가 있다(570~612). 즉, 여성이 이 땅에 탄생하기 전에는 조화로운 세상이었으나, 불을 소유한 대 가로 주어진 징벌적 차원의 사악한 선물인 여성 판도라가 이 땅에서 여성들의 시조가 되었고 동시에 인간 세상에 존재하는 삶의 고통과 악의 근원이 되었다는 내용인데, 이런 여성혐오적 신화는 플라톤(Πλατων)에 이르러 윤회설을 토대로 한 계층적 존재론(hierarchical ontology)과 철학적 성 담론의 주요 배경이 된다. 그의 우주론적 발생론을 철학화한 저서 『티마이오스』(Timaeus)에서 주장하기를, 최초의 인간은 남성이며, 진리에 충만한 인간은 불멸의 영을 소유하며 타락한 영혼의 소유자는 그 타락 유형과 정도에 따라 여성이나, 혹은 더 하등한 동물인 새나 소 등으로 환생한다는 것이다(42, 90~92). 이는 남성, 여성이 서로 다른 형상(εἶδος)에서 비롯된 것을 가정하는 철학인데, 필연적으로 생물학적 모순에 봉착한다. 따라서 이러한 신화적 해석의 모순적 이중성을 극복하기 위한 자구책의 일환으로, 하나의 종(γενος)은 생물학적 번식과 재생산이 가능해야 하며, 하나의 종은 하나의 형상이라는 과학과 철학에 근거하여 플라톤은 인간이 두 개의 형상이 아닌 두 개의 성으로 이루어진 하나의 종이라는 결론에 이른다(정해갑, 「γενος」 59~60).

　하나의 형상－하나의 종이라는 개념은 플라톤 철학의 성 담론에서 핵심적 지위를 확보하게 되며, 따라서 인간 최고의 가치인 고귀한 인품, 즉 아레테(ἀρετη)를 추구하는 철학자로서 성별을 초월하여 보편적 진리에 입각한 그의 이상국가에서는 양성 평등에 기초하여 자녀들의 교육과 양육이 이루어져야 하며 훌륭한 전사로 성장하도록 배려되어야 한다고 주장한다. 여기서 성은 개인적 차이로 환원되고, 예외적인 몇몇 특정분야를 제외하면 남녀의 과업 수행능력은 대등하며 성별을 넘어선 개인적 차이만 존재할 뿐이다(*Republic*, 451~52). 이에 플라톤은 실증적 관점에서 당대에 실존했던 한 여인을 예로 제시하며 그러한 주장의 논거로 삼고 있다. 아스파시아(Ἀσπασια)라는 여성은 고급 접대부로 통칭되는 헤타이라(ἑταιρα)인데, 학식이 높기로 헬라 문화권에서는 그 명성이 자자했고, 소크라테스와 철학적 교류를 하며 정치가 페리클레스(Περικλης)를 수사의 대가로 키울 정도로 역량 있는 여성인물로 그려진다(*Menexenus*, 235e). 그녀의 비도덕적 사생활에도 불구하고 그녀의 지적 담론에 참여하려는 지식인들이 그들의 부인을 동반할 정도로 사교계의 여왕과 학계의 꽃으로 군림했다는 이야기가 있다(Adams 75~6).

성과 관련하여 다소간 이중적이긴 하지만 철학적 견지에서 양성평등을 제안한 플라톤을 이어 생물학적 해석에 집중하며 확대 재해석했다고 볼 수 있는 아리스토텔레스(Ἀριστοτελης)는 플라톤적 평등 철학의 이면에 존재하는 생물학적 양성 차이를 설명함에

본질적 차이와 비본질적 차이로 구분해서 접근하고 있다. 즉 양성은 본질적으로는 동일 범주에 속하는 하나의 종이지만, 비본질적 차이에 의해 양성으로 나뉜다는 주장이다(*Metaphysics*, 1058a). 이런 비본질적 차이는 일종의 변형태(variation)로 이해될 수 있는 것으로 피부가 희거나 검고, 머리숱이 많거나 적은 사람이 있는 것처럼 남녀의 차이도 그런 범주에서 해석 가능하다고 보았다. 아울러 우성과 열성의 유전학적 개념이 도입되는데, 양성 중 어느 쪽이든 우세한 생명의 원동력을 가진 쪽이 성별을 포함한 그 유전인자를 자손에게 물려준다는 생물학적 평등을 지향한다. 부모 가운데 모계가 우성이면 여성인 아이가 탄생하거나 모계를 닮은 자녀가 태어난다는 과학적 방법론을 채택하고 사회생물학적 여성주의(sociobiological feminism)의 모태가 되고 있지만(Murphy 417) 아리스토텔레스 역시 남성 중심적 사유를 벗어나지 못하는 한계를 보이고 있다. 즉 여성의 탄생은 결핍된 남성의 결과물이며, 남성 원동력의 결핍 혹은 양적 결핍(quantitative deficiency)으로 인해 여성이 탄생하기 때문이다(*Generation*, 767b). 여성을 여성 자체로 보는 것이 아니라 결핍된 남성으로 보는 경향은, 정치적 해석으로 확대될 때 권위가 결여된 비주체적 영혼의 소유자가 여성이며 그러한 불완전한 여성은 통치자로서의 자질을 결핍하고 있다(ἄκυρος)는 주장과 교차한다(*Politics*, 1260a). 더 나아가 그러한 여성은 자신의 내재하는 비이성적 요소, 즉 튀모스(θυμος)를 다스릴 수 없으며 자제력을 상실하여 오히려 그것의 지배를 받기 쉽다는 결론을 암시한다(Fortenbaugh 136~37).

따라서 고전 계몽주의시대를 대변하는 작가 에우리피데스의 여성인물들에 이런 비이성적 요소에 대한 남성 중심적인 전유 (appropriation)가 강하게 투영되는 일면, 또 다른 한편으로는 아스 파시아류의 지성적이며 더 나아가 영웅적인 면모를 내포하는 여성주의를 반영하는 것은 교차적, 이중적 여성상과 시대정신이 융합된 결과로 볼 수 있다. 악한 선물로서 역설적 존재인 여성은 자신의 내재하는 비이성적 요소를 매개하여 타락하고 악한 세상을 응징하는 신성한 지팡이, 즉 튀르소스(τυρσος)로서 역할을 수행한다. 그러므로 비이성적이며 잔혹한 격정의 모습과 그 이면에 자리 잡은 탈경계적(deliminal) 영웅성을 동시에 역동적으로 조명할 때, 비로소 역설의 극작가로 통칭되는 에우리피데스의 여성인물에 깃든 철학적 숙고가 드러날 것이다.

3.

서구문학에서 메데이아는 왜 야만성과 마녀성의 대표적 인물 (Page xiv)로 회자되어 왔는가? 아울러 그러한 주된 담론 아래에 묻혀 버린 이아손의 배반과 반인륜적 행위, 즉 우의관계(φιλια)를 짓밟아 버린 그의 행위가 상대적으로 가볍게 다루어져 온 것은 왜 일까? 논제의 실마리를 위해『메데이아』의 핵심적 모티프로 작동하는 자식살해를 둘러싼 갈등과 번민의 과정을 중심으로 전개되는 배반과 분노 그리고 복수의 연결고리를 되짚어 보는 것이 우선 요구된다. 메데이아의 분노는 이아손에 의한 우의관계의 해체에서 촉발되며, 아리스토텔레스가 지적한 바처럼 이러한 해체행위는 인간관계의 기초를 무너뜨리는 심각한 문제로 볼 수 있다(*Nicomachean Ethics*, 1156~63). 콜키스(Κολχις)의 이방 여인 메데이아는 황금모피를 찾으러 온 이아손과 사랑에 빠지고, 수차례의 죽을 고비를 넘기며 그를 도와 이아손이 목적을 완수하도록 헌신하며 마침내 그의 고향 그리스에 도착하고 우여곡절 끝에 코린토스(Κορινθος) 땅에 이르지만, 그러한 죽음을 불사한 헌신의 결과로 강요된 것은 싸늘한 배신뿐이었다. 즉 그들 사이에 두 아들을 두며 어머니로서 아내로서 일상을 꾸려가던 어느 날, 이아손이 코린토스 왕의 딸 크레우사와 정략결혼을 계획하고 있다는 사실을 접한 메데이아는 죽음과 같은 절망의 나락에 빠진다 (145~47).

또한 코린토스 왕 크레온(Κρεων)은 자신의 가족의 안위를 생각하며, "온갖 악행에 능한 자"(285), 즉 메데이아를 두려워하며 추방하고자 하지만, 이미 고향과 가족을 이아손의 사랑과 맞바꾼 그녀는 세상 어디에도 갈 곳이 없는(165~67) 비참한 자신의 신세를 한탄하며(257~58) 분개한다. 이같이 참담한 배신감에 울부짖는 그녀를 향해 이아손은 "천하의 악녀"(447)로 매도하며 억지 논리로 그녀를 설득하려 하지만, 오히려 메데이아는 그를 "천하의 악인"(465)이라며 독설과 저주로 항거한다. 이아손은 자신 덕에 메데이아가 야만의 땅 콜키스를 벗어나 문명의 땅 그리스에서 살게 되었고, 자신이 왕녀 크레우사와 결혼하면 메데이아를 포함한 가족 모두가 왕족 대우를 받으며 행복을 누릴 수 있는 절호의 기회라고 강변한다(559~67). 하지만 이아손의 배신으로 인한 가족의 우의관계가 해체된 지금 어떠한 언변과 논리도 그것을 치유할 방도가 없다. 이에 메데이아는 맹세의 신 제우스를 향해 정의의 칼을 호소하는데(764), 주목할 점은 이러한 호소는 단순한 개인의 차원을 넘어선 것이며 범국가적, 범우주적 의미를 내포한다는 사실이다.

널리 알려진 바처럼 올림포스(Ολυμπος) 신들은 서로의 약속과 맹세를 토대로 그들의 권력과 영역을 나누었으며, 범 그리스적 동맹의 기초 역시 제우스 신을 두고 맹세한 약속이 중심에 있었다 (Burnett 197). 따라서 맹세 그 자체는 신성한 것으로 인간들이 사사로이 범할 수 없는 영역이며, 맹세를 파기한 이아손의 행위는 사적 우의관계를 넘어서 범 그리스적 동맹이라는 시대정신을 매도한 신성모독의 한 메타포로 작동한다. 메데이아가 복수의 화신이 되어 이아손을 파멸시키는 일련의 과정에 인간적 분개와 신적 정의가 혼재하며, 자식살해를 둘러싼 갈등양식에서 영웅성과 마녀성이 병치되는 것은 델로스 동맹의 해체와 펠로폰네소스 전쟁을 마주한 이러한 시대정신의 반영으로 볼 수 있다. 이런 관점에서 메데이아의 자식살해는 가부장적 사회질서의 맹목성에 대한 경종이며 동시에 신적 질서의 회복과 사회 재편을 향한 기제로 작동하며 이런 과정에서 도출되는 주체와 타자의 위상전이는 비록 부분적이며 도구적 방법론에 의존하더라도 상당한 정도의 여성주의적 실마리를 제공한다(Allan 65). 아울러 이러한 실마리는 아가우에의 자식살해, 즉 스파라그모스 제의와 연결되며 우의관계의 해체를 응징하는 헤카베의 복수와 그 궤를 같이 한다.

따라서 메데이아의 자식살해는 이아손이 주장하는 것처럼 단순히 그녀의 악한 성품에 기인하는 것은 아니다. 이는 우의관계를 해체하고 신성모독적 배반을 자행한 이아손에 대한 신적 정의를 실현하는 하나의 도구로 그녀의 도구적 이성이 작동하고 있기 때문이다. 여기서 시대정신과 관련하여 한 가지 주목할 점은, 그녀의 이성적 판단은 소피스트적 지혜와 중첩되는 "새로운 지혜"(καινασοφα, 298)인데, 이는 전통적 철학의 진리 추구와는 사뭇 다른 것으로, 영민함과 영리함(cleverness, shrewdness)을 의미하는 데이노테스(δεινοτης)를 칭하는 것이며, 도덕적, 합리적 지혜를 추구하는 프로네시스(φρονησις)와 대비되는, 이성적이지만 비합리적인 도구적 지혜를 칭한다는 사실이다. 이러한 자기 중심적 이성은 또한 "고집스럽고 의지적"(αὐθαδια, 641)인 것이며 다소간 번복되기 쉬운 가변적인 것으로 그녀의 자식살해 행위가 지니는 교차적(chiastic) 위상을 암시한다. 즉 인간적 복수와 신성한 응징, 마녀성과 영웅성이 혼재하며, 고전 계몽주의 시대가 내포한 신성과 인성, 이성과 감성이라는 혼종성을 포용하는 역사의 도가니가 쏟아내는 극적 효과의 현대성을 엿볼 수 있다.

메데이아의 복수 대상은 애초에 자신을 모욕한 당사자들인 크레온, 크레우사, 그리고 이아손이었으며, 그들을 독살하려는 계획(373~85) 또한 정당한 것으로 받아들여질 수 있는데(580~82), 이런 측면에서는 튀르소스로서 신성의 대변자인 그녀의 영웅성이 주요 동인으로 부각되고 있다. 하지만 아테나이(Ἀθῆναι) 왕 아이게우스(Αἰγεύς)를 만난 후 그녀의 복수 계획은 점차 심리적 위상으로 전이되며 전통적, 영웅적 복수보다는 "가장 깊이 상처를 입히는"(817) 방법으로, 이아손을 죽이는 것 보다 그 자식들을 죽여 효과를 극대화 시키는 방법으로 나아간다. 이런 계획은 인륜(νομος)을 핑계하여 인륜을 범하고 신성한 응징의 범주를 넘어선 것으로, "신들과 내가 악한 마음으로 이것들을 계획했다"(1013~14)고 메데이아 스스로 인정하고 있는데, 이는 자신의 도구적 이성으로 신성을 전유하는 데이노테스의 한 전형으로 볼 수 있다.

난 내가 어떤 악한 짓을 저지를지 안다,
하지만 격정(튀모스)은 나의 판단을 짓밟았고,
격정은 인간세상 악행의 뿌리가 되도다.

καὶ μανθάνω μὲν οἷα τολμήσω κακά,
θυμὸς δὲ κρείσσων τῶν ἐμῶν βουλευμάτων,
ὅσπερ μεγίστων αἴτιος κακῶν βροτοῖς. (1078~80)

신성과 인성, 이성과 감성의 경계에서 표출되는 메데이아의 튀모스는 이율배반적 모순과 갈등, 숙고와 번민의 모습으로 극화되며(1044~58), 관객들의 공포와 연민을 자극하며 비극의 정점을 치닫는데, 이를 통해 고전 계몽주의 시대정신과 베르낭 식의 비극정신을 더욱 명확히 간파할 수 있다. 인간은 때로는 위대한 존재로서 두드러져 보이지만 위험한 존재로, 수수께끼 같은 이중적 존재이다. 도구적 이성뿐만 아니라, 결핍된 남성으로서의 여성 메데이아의 튀모스는 지극히 위험한 도구로 통제와 감시의 대상이 된다.

신적 정의를 수행하는 도구이자 동시에 위험한 도구인 여성의 튀모스는 또 다른 이방 여인 헤카베에게도 유사한 방식으로 투영된다. 하지만 메데이아의 경우 극의 결말에서 하늘에서 내려온 수레를 타고 유유히 떠나가는, 데우스-엑스-마키나(deus-ex-machina)에 의해 다소간 위안이 허락되는 것과는 달리 "개"(1173, 1265)와 같은 인생을 마감하는 헤카베에게는 최소한의 위안도 성취감도 허락되지 않는 듯하다. 패망한 트로이아의 국모로 영화와 굴욕의 극단적 운명을 맞이하며 그리스 군의 포로가 되어 먼 항해 길에 올라 있는 헤카베는 인품과 덕성 그리고 인정까지도 겸비한 인물로, 한 때 트로이아 도성에 첩자로 잠입한 오뒤세우스(Οδυσσευς)가 붙잡혀 목숨이 위태로울 때 그를 구해준 은인이기도 하다(239~53). 아울러 그녀의 이성적이며 논리적인 지성은 비록 이제는 포로의 신분이긴 하지만 오뒤세우스를 상대로 한 야만 논쟁(barbarian debate)과 수사적 언변을 통해 잘 드러나는데, 그리스 군의 영웅 아킬레우스(Αχιλλευς)의 혼령을 달래기 위한 제물로 살아있는 사람, 그것도 헤카베 자신의 딸 폴뤼크세네(Πολυξενη)를 희생시키려 하자 야만적인 희생 제의는 문명국 그리스의 이름에 어울리지 않으므로 황소를 바칠 것을 제안한다(260~61). 그녀의 수사적 설득은 더 나아가, 만약 인간 제물이 요구된다 하더라도 이 전쟁의 원인이 되고 미모 또한 으뜸가는 헬레네(Ελενη)가 적합하다는 주장을 편다(262~69). 이러한 일련의 주장과 설득은 아킬레우스의 혼령이 폴뤼크세네를 원한다는 다소 궁색한 오뒤세우스의 변명을 뛰어 넘어 무색하게 만드는 것으로, 탄원자인 타자와 마키아벨리적 주체 간의 위상 전이를 유발한다(C. Segal 217). 문명 그리스가 오히려 더 야만적인 욕망을 노출시키는데, 이 전쟁과는 직접적 연관이 없어 보이는 여성 포로를 산 제물로 바치는 행위는 야만 그 자체이기 때문이다. 여기서 문명 그리스를 압도하는 헤카베의 카리스마(χαρισμα)는 폴뤼크세네의 담담하고도 고귀한 죽음에 의해 한층 더 빛을 발하게 되고 이를 통해 가장 불행한 가운데서도 가장 축복받은 여인으로 자리매김해 주고 있다(577~82).

이러한 전통적, 영웅적 성품은 자연스럽게 파렴치한 야만인 폴뤼메스토르의 행위에 분개하며 우의관계를 배반하고 인륜을 저버린 그를 향한 복수 계획은 신성한 의무로 비춰진다(Nussbaum 407). 패망국 트로이아의 유일한 희망으로 남아 있던 왕자 폴뤼도로스를 맡아 보호하기로 약속했던 이웃나라 트라키아의 왕 폴뤼메스토르는 황금에 눈이 어두워 그의 지참금을 탈취하고 그를 도륙하여 바다에 내다 버리는 참담하고 불경스런 범행을 저질렀기 때문이다(715). 폴뤼크세네의 고결한 주검을 장사 지낼 물을 길러 바다로 갔던 시중들이 해안가에 떠내려 온 폴뤼도로스의 주검을 발견하고, 헤카베에게 이 사실을 알린다. 이에 설상가상 이중의 슬픔을 맞이한 헤카베는 격분하며 울분을 감추지 못한다(681~84). 아울러 영웅적 카리스마를 통해 드러나는 이런 분노는 가히 신적 정의를 집행하는 제우스의 사제에 버금가는 양상을 보이는데, 이는 친구로서 손님과 주인의 우의관계는 제우스 신의 뜻과 맹세에 속하는 범 그리스적 믿음에 뿌리를 두기 때문이다.

우리는 사실 종들이고 또한 무능한 자들이지요,

하지만 신들은 위대하며 그 권능의 원천은 노모스(νομος)랍니다.

우리는 노모스를 좇아 신을 섬기고

정의와 불의를 분별하며 살아가지요.

그런데 이 원리가 당신에 와서 무너진다면,

친구 – 손님을 죽인 자가 정의의 심판을 받지 않고,

감히 성전을 훼손하는 자가 심판을 받지 않는다면,

인간 세상에 더 이상 노모스는 존재하지 않는 것이죠.

ἡμεῖς μὲν οὖν δοῦλοί τε κἀσθενεῖς ἴσως:

ἀλλ᾽ οἱ θεοὶ σθένουσι χὠ κείνων κρατῶν

Νόμος: νόμῳ γὰρ τοὺς θεοὺς ἡγούμεθα

καὶ ζῶμεν ἄδικα καὶ δίκαι᾽ ὡρισμένοι:

ὃς ἐς σ᾽ ἀνελθὼν εἰ διαφθαρήσεται,

καὶ μὴ δίκην δώσουσιν οἵτινες ξένους

κτείνουσιν ἢ θεῶν ἱερὰ τολμῶσιν φέρειν,

οὐκ ἔστιν οὐδὲν τῶν ἐν ἀνθρώποις ἴσον. (798~805)

헤카베의 분노와 복수 의지는 지극히 신성한 것으로, 불경스
런 범행의 장본인 폴뤼메스토르를 처벌하는 것은 천륜(νομος)을

따르는 인간의 도리에 해당하는바, 아가멤논(Ἀγαμεμνων)에게 신성을 모독한 자를 처벌하는 성스러운 사역에 동참해 줄 것을 요청한다(786~97). 하지만 신성한 의무 보다는 사적 이거나 혹은 국가적 이익에 더 관심이 많은 아가멤논은 그 요청을 거절하는데, 폴뤼크세네를 산 제물로 바치는 야만적 행태에서 이미 폭력과 타락의 온상이 된 그리스의 치부를 드러냈고 이를 통해 권력을 행사하는 아가멤논 또한 부정과 불의의 한 중심축에 위치함을 예견할 수 있다. 따라서 천륜과 도의보다는 트로이아의 왕녀로 이제는 자신의 여자가 된 카산드라(Κασσανδρα)와의 사적 인연(1855)을 고려해서 헤카베의 신성한 계획을 묵인하고자 하는데, 이는 폴뤼메스토르의 트라키아와 그리스 간의 정치외교 관계를 우선적으로 고려한 결정이며 마키아벨리적 군주의 고전적 전형이 된 아가멤논의 처세술을 엿볼 수 있는 대목으로 오뒤세우스와도 그 궤를 같이 하고 있다(C. Segal 217).

여기서 한 가지 되짚어 볼 점은, 오뒤세우스가 폴뤼크세네를 산 제물로 희생시키는 야만적 제의는 앞서 트로이아와의 전쟁을 위해 출항할 때 순조로운 항해를 위해 이피게네이아(Ἰφιγενεια)를 산 제물로 바쳤던 아가멤논의 반문명적 제의와 같은 맥락에서 볼 수 있는 것으로, 더 나아가 이러한 반인륜적 폭력성은 폴뤼메스토르의 신성모독적 배신 행위와 그리 먼 거리에 있지 않음을 주목할 필요가 있다. 비록 이방 야만인들의 그것과는 달리 다소간 미화, 은폐되거나 희석되어 크게 두드러져 보이진 않지만, 문명의 이름으로 자행되는 그리스인들의 만행은 실로 더 치명적이며 폴뤼메스토르의 그것을 능가하는 반인륜적 행태이다. 작가 에우리피데스가 이를 통해 표출하는 무대(theatrum mundi)는 야만과 문명 모두 타락한 세계에 속하며 그 정도의 고하를 막론하고 신적 질서의 회복과 구원이 필요한 세상임을 드러내고 있다. 이에 신적 정의와 천륜을 부르짖으며 분노하는 헤카베의 영웅적 위상은 제우스의 사제에 합당한 것이지만 그녀 자신도 이러한 혼돈된 세계의 한 파편으로 팽개쳐진다는 사실이 주목할 만하다.

도구적 이성과 튀모스의 교차점에서 분노의 화신이 된 헤카베는 프리아모스 가의 황금을 숨겨둔 곳을 알려주겠다며 설득하여 폴뤼메스토르를 유인한 후 브로우치로 눈을 찔러 실명시키고 그의 두 아들은 칼로 처단한다(1012~55). 튀모스의 정점에서 벌어지는 이 같은 끔찍한 복수를 행하는 트로이아 여인들은 잔인한 사냥개(1173) 같았고, 폴뤼메스토르의 예언적 저주처럼 이후에 바다 한 가운데서 몸을 던진 헤카베는 불같은 눈의 암캐(1265)로 변하고 개의 무덤(κυνος σημα, 1273)에 묻힌다. 트로이아 왕국의 지덕을 겸비한 축복된 국모(492~93)에서 인간 가운데 가장 고통 받는 신세(722)로 전락하며, 신적 정의를 실행하는 영웅적 사제의 모습을 취하지만 분노의 종으로 개와 같은 종말을 맞이하며 철저히 이중적 페르소나로 자리매김 된다. 신성의 도움으로 용의 수레를 타고 승천하는 메데이아에게서 보는 최소한의 위안도 없이 어둡고 암울한 비극의 주인공으로 끔찍한 생을 마감한다(Rehm 187). 이는 디오뉘소스의 신성에 이끌려, 신을 모독하고 "웃음거리로 만드는 자"(1081), 펜테우스, 즉 자신의 아들을 제물로 스파라그모스 축제를 벌이며 신성의 사제마냥 테바이 도성에 입성하지만 결국에 드러난 현실은 자식살해에 따르는 고통과 추방뿐인 아가우에의 삶과 대동소이하다.

아가우에의 불행은 디오뉘소스 신의 신성을 거부하며 그녀의 자매이자 디오뉘소스의 어머니인 세멜레(Σεμελη)를 조롱한 것에서 비롯되며(32~36), 자신의 아들이자 테바이의 통치자인 펜테우스의 불경스런 오만함에 의해 증폭된다. 여기서 우선 주목할 사실은, 이 극은 극의 존재론적 근원을 탐문하는 메타드라마적 담론에 무게 중심이 놓여 있다는 점이다(Dobrov 72~75). 인간은 왜, 누구를 위해 극작 행위를 하는가, 즉 드라마투르기아(δραματουργια, dramaturgy) 그 자체에 관한 질문과 답변을 토대로 이 극이 구축되어 있다는 것인데, 그 중심은 디오뉘소스 신이다. 극의 발단에서 디오뉘소스가 동방의 뤼디아(Λυδια) 여인들을 이끌고 테바이로 입성하고 테바이 여인들을 동반하여 비의적(mystical ritual) 축제의 장인 키타이론 산으로 몰려간다. 이에 테바이의 창건자이자 펜테우스의 할아버지인 카드모스와 눈먼 예언자 테이레시아스도 테바이 사람들의 동참을 종용하며 축제의 산으로 향할 채비를 마쳤다. 하지만 젊은 통치자 펜테우스는 오히려 그들을 비난하고 디오뉘소스를 동방 뤼디아에서 온 마술사(235) 취급하며 도시를 혼란에 빠뜨리는 모든 이들을 감옥에 잡아 가두고 디오뉘소스를 교수형에 처할 것이라 경고한다. 이런 왕명과 더불어 디오뉘소스를 추종하는 여인들, 즉 박카이들이 투옥되고 디오뉘소스 역시 체포되었는데, 이때 펜테우스 앞에 선 디오뉘소스의 여성스런 모습과 혼종적 특성에 주목할 필요가 있다.

그리스적 이성과 남성 중심적 가치관에 입각한 펜테우스의 시각에서 볼 때, 디오뉘소스의 긴 머리결과(236) 하얀 살결(457)은 단지 유약하고 비주체적인 여성성의 상징이며 박카이들의 비이성적 튀모스와 중첩되어 신적 권위와는 거리가 먼 모습이다. 따라서 투옥되었던 박카이들이 신성에 의해 감옥 문이 저절로 열리고 족쇄가 풀리어 모두 키타이론 산으로 되돌아갔다는 사실과 디오 뉘소스가 미소를 지으며 자진해서 두 손을 내밀어 포박 당했다는 등의 신비한 목격담을 그의 부하들이 직접 전해 주지만(435~51) 펜테우스는 받아들이지 못한다. "오만은 폭군을 낳는다"(874)는 경계의 말에도 불구하고 끝까지 자신의 판단과 이성을 신뢰하고 추종했던 오이디푸스와 마찬가지로, 그는 더욱 광기를 띠며 디오 뉘소스의 신성한 머리카락을 자르고 신성의 상징인 튀르소스를 빼앗은 후 투옥시킨다. 물론 얼마 후 신성한 능력으로 쇠사슬을 풀고 다시 나타나는 디오뉘소스를 스스로 목격하고도 여전히 무 지와 오만함을 벗어나지 못하는 펜테우스에게 자신의 사자가 조 심스럽게 다가와 키타이론 산에서 연출되는 박카이들의 제의가 예상 밖으로 아주 질서 정연한 장관(693)을 이루었으며 아울러 박카이들이 수많은 경이로운 기적을 행했다고 전하며, 만약 펜테 우스가 그 광경을 목격했더라면 디오뉘소스의 신성을 믿지 않을 수 없을 것이며 이는 분명 신성에 의한 것으로 의심의 여지가 없다고 덧붙인다(695~764). 하지만 디오뉘소스와 그 추종자들을 비이성적 튀모스의 범주로 재단해 버리는 펜테우스의 불경스런 오만은 그칠 줄 모르고 종말을 향해 치닫는데, 그 끝에는 스파라 그모스 제의가 그의 몸을 제물로 기다리고 있다.

이방인의 모습을 한 신성은 펜테우스의 관음증을 매개로 그를 여성의 복장으로 분장시킨 뒤 키타이론 산으로 인도해 간다. 하지만 그가 기대했던 욕망의 대상이 보이지 않자 음란과 방탕한 모습을 보려면 나무 꼭대기가 좋을 터이니 그렇게 해달라고 부탁하자, 이방인은 그가 원하는 대로 해 주고는 곧 사라져 버린다. 신성한 비의적 축제를 음란과 광기로 재단하는 펜테우스의 불경스런 오만은 역설적이게도 폴리스적 이성의 타락하고 광기 어린 그림자로 투영되고 있는 사실이 흥미로운데, 여기서 펜테우스의 욕망은 폴리스적 이성이 노출시키는 펜테우스 그 자신의 내재하는 타자(Kristeva 181)이기 때문이다. 이윽고 하늘에서 신성의 소리가 들려온다. 신성한 축제를 "웃음거리로 만드는 자"를 처단하라는 소리와 더불어 하늘과 땅 사이에 신성의 불꽃이 타오르고(1079~83) 잠시 후 박카이들이 달려들어 그를 짐승(1108)마냥 갈기갈기 찢어 죽이는 잔인한 장면이 연출된다. 여기서 주목할 점은, 펜테우스의 병든 이성(C. Segal 167)과 박카이들의 광기가 중첩되며, 더 나아가 신성한 응징을 수행하는 박카이들의 영웅적 모습과 그 이면에 자리잡은 비이성적 튀모스가 나란히 병치된다는 사실이다.

아가우에의 자식 살해는 불경스런 오만에 대한 신적 정의의 승리이며 폴리스적 이성, 즉 병든 이성과 가부장적 사회체제에 대한 도전을 함축하는 디오뉘소스적 역동성을 드러내는 모티프이다. 디오뉘소스적 세계는 남녀노소 차별을 폐하며(204~06), 빈부 차이 없이 포도주와 환희를 누리고(421~22), 헬라인이나 이방인 모두 함께 어울리며(18~19), 이성과 감성이 공존하며 조화를 이루고 차이를 파괴하는 원리를 지향하는 탈경계적 장이다(C. Segal 234). 이에 대비된 펜테우스의 폴리스는 여성의 활동을 가사일에만 국한시키고(1235~38), 이방인들을 차별하며 얕잡아 보고(482), 인간적 판단을 신성에 앞세우며 배타적 이성에 사로잡혀 있다. 제우스 신에 의해 부여 받은 신성의 눈, 예언의 눈(Brisson 122~23)을 가진 지혜자 테이레시아스는 이러한 펜테우스의 배타적 이성이 병들었고 비이성적(326)이라 경계하며 "정도를 지나치지 않는"(μηδεν ἀγαν) 지혜를 촉구한다.

절제 없는 말,
불경한 어리석음,
그 결말은 재앙이라.
…
내가 보기에, 그것은
광기 어린 인간의

악한 길이라.

ἀχαλίνων στομάτων
ἀνόμου τ᾽ ἀφροσύνας
τὸ τέλος δυστυχία:
…
μαι-
νομένων οἵδε τρόποι καὶ
κακοβούλων παρ᾽ ἔμοι-
γε φωτῶν. (386~402)

따라서 아폴론 사제의 충고마저 거부하고 공존과 조화를 해치며 신성을 모독하는 오만한 자 펜테우스에게 집행된 신적 응징은 실로 인간의 이해 범주를 넘어선 엄중한 것인데, 그 집행자인 박카이들은 신성의 사제이며 동시에 광기의 딸들로서 이중적 역할을 수행하고 있다. 박카이의 인도자인 아가우에는 자신의 아들 펜테우스의 머리를 사자새끼의 그것마냥 튀르소스에 꽂아 개선장군으로 의기양양하게 테바이로 입성한다. 하지만 곧 광기의 베일이 벗겨지고 친자살해의 중심에 자신이 있다는 사실을 인지

하는 순간, 테바이는 온통 통곡의 성으로 변하고 비극의 최절정에 이른다. 카드모스의 울부짖음같이 "정당하지만 너무나 가혹한 파멸"(1249~50)이 오만과 불경함의 대가(1297)로 주어지고, 신성의 사제마냥 디오뉘소스 축제를 이끌며 생명의 에너지를 쏟아내던 아가우에가 이제 자신의 태에서 난 생명을 파멸시킨 살육의 여사제(1114)로 그 역할이 반전되고, 생명의 상징인 듯 했던 디오뉘소스적 세계가 죽음의 그림자로 무대를 휩쓴다.

이는 광기로 광기를 제어하는 디오뉘소스적 역동성의 한 단면으로 모순적이며 불연속적인 디오뉘소스적 세계의 특성 그 자체이며 유한한 인간의 내적 속성이다(Rosenmeyer 383). 박카이를 둘러싼 이중적 여성성은 이러한 역동성의 역설적 모순을 함축하는 것으로, 생성과 파괴, 죽음과 재생, 이성과 감성, 더 나아가 남성과 여성, 주체와 타자의 탈경계적 혼종성에 그 토대를 두고 있다. 남성이며 여성적인 디오뉘소스는 금빛의 긴 곱슬머리, 하얀 살갗에 장미 빛 얼굴로 미소 지으며, 포도주를 통해 인간의 고통을 환희로 바꾸며 생명의 원천을 공급해 주는 가장 온유한 신(861)이지만, 동시에 가장 무서운 신으로 광기와 파괴 그리고 살육의 모습으로 박카이들에게 투영되고 있다. 생명과 파괴, 이성과 광기가 교차하는 이러한 역설적 대비는 이 작품이 지향하는 주요 모티

프이며, 더 나아가 역동적 양가성과 변증적 합일을 추구하는 디오
뉘소스 시학의 본질에 속하는 것이다(C. Segal 8).

4.

"역설의 비극작가"로 일컬어지는 에우리피데스는 무엇보다 이
성적 사유와 감성의 딜레마를 작품 전반에 걸쳐 노출시키며, 고전
계몽주의 시대를 주도하는 실존주의적 고뇌를 대변하는 시인이
자 철학자이다(E. Segal 244~53). 이성적이지만 비합리적인 인간사
유의 범주를 초월한 지점에서 분출되는 역동적 생명력을 집요하
게 추적하는 작가 에우리피데스의 열정은 '역설'이라는 형식으로
드러나며, 이는 베르낭 식의 그리스 비극의 역사성 측면에서 볼
때, 신화에서 이성으로 인식의 전환을 요구하는 시대정신과 신화
로의 회귀를 꿈꾸는 작가정신의 교차지점에서 발생하는 실존적
불일치와 양가적 모순을 비극의 정신으로 담아내고 있기 때문이
다(정해갑, 「그리스 비극」 182). 따라서 이러한 역설적 비극작가의
여성 인물들을 연구함에 있어 무엇보다 주목을 끄는 핵심적 모티
프는 이중성인데, 남성 중심 사회 더 나아가 이성 중심 사회의

내적 모순을 광기로 노출시키며 변혁을 자극하는 신적 튀르소스의 역할을 수행하는 여성 인물들의 영웅적 모습이 선명하게 부각되는 점은 동시대 여느 작가들과도 구별되는 주요 특징 중 하나로 볼 수 있다. 하지만 이런 새로운 지평을 지향하는 일면, 또 다른 면은 그러한 여성 인물들이 분출하는 비이성적 튀모스에 기인하는 광기와 마녀성이다.

이런 역설적인 이중적 특성은 고전 계몽주의 시대정신을 철학적 견지에서 포착한 작가 정신의 반영으로 읽을 수 있는바, 무대 위의 철학자 에우리피데스는 그의 시대를 디오뉘소스적 역동성의 시학으로 재연하고 있다. 베르낭이 제시한 바처럼, 고전 계몽주의 시대를 조명할 때 우선 주목할 점은 신화와 이성의 역설적 교차인데, 인간 존재란 위대하면서 동시에 수수께끼 같은 것으로, 소피스트적 이성을 지향하지만 또한 그것으로 인해 파멸을 맞이하는 역설적 교차 지점에서 비극의 역사성이 발견된다(88). 이런 역설적 교차는 이중성으로 때로는 역동성으로 이해될 수 있는 것이지만 본질적으로 이해 불가한 수수께끼 같은 디오뉘소스적 인간의 존재론적 특성을 투영하고 있다. 인간 존재란 역설적 모순을 함축하는 것으로 생성과 파괴, 죽음과 재생, 이성과 감성, 더 나아가 남성과 여성, 주체와 타자의 탈경계적 혼종성에 토대를 두기 때문이다. 따라서 메데이아 같은 여성 인물들이 분출하는 비이성적 튀모스는 여성 타자와 결부된 파괴와 죽음의 메타포로 작동하는 동시에 남성 중심적(andro-centric), 이성 중심적(logo-centric) 사회에 대한 재생과 치유, 그리고 신화적 회귀를 촉발하는 역동적 튀르소스이다.

주제어: 『메데이아』, 『헤카베』, 『박카이』, 디오뉘소스적 역동성, 필리아, 튀모스, 탈경계, 이중성, 여성성 / Medea, Hecuba, Bacchae, Dionysiac dynamism, philia, thymos, de-liminality, ambiguity, femininity

인용문헌

정해갑. 「One Genus(γενος)-One Form(ειδος) Hypothesis in Hellenistic Anthropogeny: Gender Discrimination as Quantitative Difference」. 『고전 르네상스 영문학』 22.1 (2013): 47~63.

정해갑. 「그리스 비극을 통해 본 신성모독과 불경함에 관한 연구: 『박카이』(Βακχαι)와 『오이디푸스 왕』(Οἰδίπους Τύραννος)의 경우」. 『영미

어문학』 114 (2014): 173~91.

Adams, H. Gardiner. *A Cyclopedia of Female Biography*. Whitefish: Kessinger, 2010.

Allan, William. *Euripides: Medea*. London: Duckworth, 2002.

Aristotle. *The Complete Works of Aristotle*. Ed. Jonathan Barnes. Princeton: Princeton UP, 1995.

Brisson, Luc. *Sexual Ambivalence: Androgyny and Hermaphroditism in Graeco-Roman Antiquity*. Trans. Janet Lloyd. Berkeley: UCP, 2002.

Burnett, A. P. *Revenge in Attic and Later Tragedy*. Berkeley: UCP, 1998.

Dobrov, Gregory. *Figures of Play: Greek Drama and Metafictional Poetics*. Oxford: Oxford UP, 2001.

Dodds, E. R. *Euripides: Bacchae*. Oxford: Oxford UP, 1960.

Dodds, E. R. *Oxford Readings in Greek Tragedy*. Ed. Erich Segal. Oxford: Oxford UP, 1983.

Euripides. *Euripides Opera Omnia*. Charleston: Nabu P, 2011.

Foley, Helene. *Female Acts in Greek Tragedy*. Princeton: Princeton UP, 2001.

Fortenbaugh, W. W. Aristotle on Slave and Woman. *Articles on Aristotle: Ethics and Politics*. Eds. J. Barnes, M. Schofield and R. Sorabji. London: Duckworkth, 1977. 135~39.

Hesiod. *Theogony*. Indianapolis: Hackett, 1987.

Knox, Bernard. *Essays: Ancient and Modern*. Baltimore: Johns Hopkins UP, 1989.

Kristeva, Julia. *Strangers to Ourselves*. Trans. Leon Roudiez. New York: Columbia UP, 1991.

Murphy, J. Bernard. Aristotle, Feminism, and Biology: A Response to Larry Arnhart. *International Political Science Review* 15 (1994): 417~26.

Nussbaum, Martha. *The Fragility of Goodness: Luck and Ethics in Greek Tragedy and Philosophy*. Cambridge: Cambridge UP, 1986.

Page, D. *Euripides: Medea*. Oxford: Clarendon, 1938.

Plato. *The Complete Works of Plato*. London: Akasha, 2007.

Reckford, Kenneth. "Concepts of Demoralization in the *Hecuba*." *Directions in Euripidean Criticism*. Ed. P. Burian. Durham: Duke UP, 1985. 112~28.

Rehm, Rush. *The Play of Space: Spatial Transformation in Greek Tragedy*. Princeton: Princeton UP, 2002.

Rosenmeyer, Thomas. *Greek Tragedy: Modern Essays in Criticism*. Ed. Erich Segal. Oxford: Oxford UP, 1983.

Segal, Charles. *Dionysiac Poetics and Euripides'* Bacchae. Princeton: Princeton UP, 1982.

Segal, Erich. *Oxford Readings in Greek Tragedy*. Ed. Erich Segal. Oxford: Oxford UP, 1983.

Sophocles. *Sophocles Opera Omnia*. Charleston: Nabu, 2011.

Vernant, Jean-Pierre. *Myth and Tragedy in Ancient Greece*. Trans. Janet Lloyd. New York: Zone Books, 1990.

역저자 정해갑

상명대학교 영문과 교수.
부산대, 연세대, 미국 루이지애나 주립대 등에서 영문학과 서양(그리스·로마) 고전문학을 전공했다. "Shakespeare와 그리스 로마 고전 비극에서의 신역사주의 문화유물론 비평"으로 미국 루이지애나 주립대에서 박사학위(Ph.D.)를 받았다. 주된 관심 분야는 고전 번역과 문화비평이며, 강의 중점 분야는 그리스 비극과 셰익스피어 그리고 비교역사와 비교문화이다.
주요 논문으로는 "A Strategy of the Production of Subversion in Shakespeare", "The Possibility of Self-Critique to Colonialist-Orientalist Attitudes in Greek-Roman Drama", "Ecocritical Reading of the Platonic Cosmology: Environmental Ethics and the Material Soul in between $ἰδέα$ and $ὕλη$", "Foucault, Discourse, and the Technology of Power", "하우프트만의 〈쥐떼〉와 셰퍼드의 〈굶주리는 계층의 저주〉: 사회비평적 운명극", "비교문화로 읽는 셰익스피어와 에우리피데스" 등이 있다.

메데이아

© 정해갑, 2021

1판 1쇄 인쇄__2021년 02월 20일
1판 1쇄 발행__2021년 02월 23일

지은이__에우리피데스
역저자__정해갑
펴낸이__양정섭

펴낸곳__경진출판
　　　　등록__제2010-000004호
　　　　이메일__mykyungjin@daum.net
　　　　사업장주소__서울특별시 금천구 시흥대로 57길(시흥동) 영광빌딩 203호
　　　　전화__070-7550-7776　팩스__02-806-7282

값 15,000원
ISBN 978-89-5996-799-5 03800